上海
不相信爱情

第一部

周蔚 著

文汇出版社

图书在版编目（CIP）数据

上海不相信爱情.第1部/周蔚著.—上海：文汇出版社,2015.5

ISBN 978-7-5496-1435-6

Ⅰ.①上… Ⅱ.①周… Ⅲ.①长篇小说－中国－当代 Ⅳ.①I247.6

中国版本图书馆CIP数据核字（2015）第061694号

上海不相信爱情（第一部）

作　　者／周　蔚
责任编辑／戴　铮
封面装帧／李　廉

出 版 人／桂国强

出版发行／文匯出版社
上海市威海路755号
（邮政编码200041）
经　　销／全国新华书店
照　　排／上海歆乐文化传播有限公司
印刷装订／江苏省启东市人民印刷有限公司
版　　次／2015年5月第1版
印　　次／2015年5月第1次印刷
开　　本／890×1240　1/32
字　　数／130千字
印　　张／6.75

书　　号／ISBN 978-7-5496-1435-6
定　　价／25.00元

（一）
初 见

　　这年的夏天异常的热,似乎满城都在流汗。简宁站在硕大的落地玻璃窗前,看着窗外泛滥着热气的水泥马路地面,若有所思。三个月前,简宁的父亲接到上级的调令,从上海调任北京工作。在父亲安顿好以后,母亲也赶到北京照顾父亲的日常起居生活,上海便只留下简宁一个人。虽然以前也曾很向往这样的自由自在的生活,但短短几十天后,简宁便觉得有些不习惯。自由有时候也是围城,里面的人想出来,外面的人想进去,简宁的脑海里突然冒出这句话。

　　简宁住的地方并不是正规的居民小区,而是位于上海一个闹市的十字路口的大楼内。大楼的下面5层是商用,有餐厅、有按摩店、有KTV,当然还有房产中介。大楼的5层以上是住宅,但由于楼下是商用,并且大楼直接连通着一个地铁站,因此真正的住户非常少,绝大部分是业主借出去办公。大楼的前面是一个地铁口广场,每晚有定时出没的广场舞大妈大爷们。简宁的一个爱好就是夜晚站在玻璃窗前,一边喝着红酒,一边看着楼下天然舞池中的男男女女。大家都知道,很多人的目的并不是来跳交谊舞健身的,而是"轧姌头",当然也有很多为了子女改变命运而怀抱梦想的单身离异人士。这个城市爱情无处不在,简宁偶尔会调侃着这句话,品尝着杯中的酸甜。

现在,天气的燥热也让简宁的心烦躁不安,也许我该找个女性室友,简宁暗自琢磨。简宁的房子很大,四室两厅,标准的板式结构,有主卧、次卧、客卧和书房。把客卧借出去,就当补贴油费了,说干就干,简宁打开了电脑。

上海的出租房屋很简单,甚至不需要去楼下的房屋中介。简宁打开电脑,登陆了赶集网,随手编制了一段信息:上海浦东内环内地铁口单间出租,面积 16 平,带家具,有厨卫,限女性,中介勿扰。

"中介勿扰"也许是这世界上最无力的警示语了,十分钟内,简宁就接到了数个房产中介的电话,也有楼下房产中介的。当然,大多数中介一听是男房东找女性合租,立马口气会变得有些暧昧或者不屑。这年头,异性合住会被怀疑动机不良,不过我就是动机不良,谁怕谁啊,简宁想。

"先生,我这里有个现成年轻漂亮的女大学生找房子,对对,马上就可以看房……"这个中介比较专业,完全理解客户需求,就他了,简宁留了见面方式和地址。就这样,简宁见到了欣鱼。

初见欣鱼的时候,简宁还是暗自有些吃惊。电话里中介说年轻漂亮,但这个话和相亲媒婆的推荐一样不靠谱,简宁原先是这样想的。当踏着高跟鞋、裹着低腰牛仔裤、穿着高腰短袖 T 恤、露着小蛮腰、披着大波浪头发的欣鱼出现在简宁面前时，简宁突然感到有些意外满意的好笑。翘臀峰胸，中国好身材，我要是导师我就转身了，简宁忍不住咧了下嘴。

欣鱼背着一个大挎包，驴牌的，标准的白色棋盘格版，气喘吁吁。简宁瞟了一眼材质，揣摩是真货还是高仿。"现在的女大学生这么有钱了？我这可是只租房不卖身的……"简宁朝中介不怀好意地调侃道。

中介是个二十来岁的小伙子，长得很憨厚，穿着白衬衫黑西裤，戴着领带，一身标准配置。他没听出简宁的弦外之音，但欣鱼却狠狠地盯了简宁一眼："切，就你这样的，站街估计也要站一天。"

简宁觉得很有意思，仔细打量了一下欣鱼。看女人的脸，先看她有没有带美瞳，再看有没有贴假双眼皮。好像都有，但是不得不说，化了妆的欣鱼挺漂亮，有着美丽眼睛和性感嘴唇的美丽女人，就不知道卸了妆后是啥样，"卸了妆，却忘了我是谁"，有句歌词是这么唱的。但愿差距别太大，OMG，我在想啥呢。简宁感觉到自己有些走神。

随后的看房倒是非常顺利。看得出欣鱼对房间还是很满意。"这么大你一个人住你奢侈么？"欣鱼有些愤愤不平。

"我父母去北京了，估计要长住那里了。"简宁解释道。

"哦，富二代呀！"欣鱼吐了吐舌头。

"切，这叫什么富二代，上海普通人家好嘛……"简宁鼓了鼓嘴。

"唉,你是生在福中不知福,对我们外地人来说,在上海有这么个房子是个遥不可及的梦想。我就想在上海有个小房子就好了。"欣鱼吐了吐舌头,"不过肯定没戏。"

其实简宁的房子要比周边的其他楼盘单价便宜许多,因为属于公寓房,而不是正规的居民小区。并且房子沿着大马路和地铁,还有个广场舞集散中心。另外,也没有攀上学区房的命,不过貌似这个女孩都不懂,简宁暗自想道。

随后就是谈具体条件。"你的房间就是我需要的那种,不过我有三个要求。第一,不准进我房间,第二,不准干涉我私生活,第三,我不想说话的时候绝对不要烦我。"欣鱼扳着指头数道。

"这三个要求蛮合理的,蛮合理的,"中介男笑着说,"男女住在一起,当然要发于情止于礼……"

"这关发于情止于礼什么事情,你个小脑袋想什么呀……"简宁觉得好笑:"OK,不过我也有几个要求。"

"你说吧。"

"第一,按时付房租,你晚付一天我肯定冲到你房间做黄世仁;第二,不准干涉我私生活,坚持和平共处五项原则;第三,我不想说话的时候也不准烦我。"简宁说道。

"这三个要求也蛮合理的,蛮合理的,"中介男赔笑着说,"男女住在一起,当然要相敬如宾……"

"说得我们好像老夫老妻似的。"欣鱼哈哈大笑,"没问题,你房子的卫生间正好两个,各挂一块牌子吧,男女分开。"

"甚好甚好!"简宁点点头。

"那房租呢？"欣鱼问道，"最便宜多少钱一个月？"

多少合适呢？简宁低头想，目光正巧落在欣鱼的胸口。欣鱼不自觉地挺了挺胸。"36……哦，不，3600 一个月。"

"这么贵啊，能不能便宜点，人家刚刚出来混社会啊，欧巴。"欣鱼假装可怜地嘟了嘟嘴。简宁觉得好笑，让你装。

"黄小姐，上海这里的房子单间是很贵的，而且这房子大，装修很好，卫生间你又独用的。"中介男补充道。

"她不是大学生吗？"简宁突然问道。

"欧巴，人家也想上大学啊，这不生活所迫嘛。"欣鱼继续装可怜。果然中介靠得住，母猪会上树，不过她怎么这么会装，对付男人很有一套的，"你会做早饭吗？"简宁问道。

"当然，当然，爱心早餐是吧，我做的肯定比肯德基爷爷做的好。"欣鱼说到。简宁所住的大楼旁边就有家肯德基，你不会天天订早餐给我吧，简宁这句话没好意思说出来，"那好，我会提前准备食材，你每天早上给我准备好就 OK，房租嘛，3000 好了。"

中介男看了看简宁，欲言又止，那表情就像在说，大哥你这也太没骨气了吧。

"3000 不吉利，女人最怕做小三，不如就 2800 一个月如何，发啊……"欣鱼又开始嘟嘴装可爱。反正我也只是排遣寂寞，多点少点没关系，简宁边想边做了一个 OK 的手势，然后显出一副无奈的表情，"那物业费一人一半。"

"大哥，你砍了我吧，你占三间房我才只有一间，我最多出四分之一，"欣鱼喊道。

"卫生间一人一间,书房可以公用,厅也公用,一半很合理,不过我也不想讨价还价了,太累,你就出三分之一吧,正好一个月100元。"简宁说道。

"谢谢欧巴,欧巴最善良!"欣鱼笑道。女人果然是善变的,但她这种自来熟是哪里学会的,简宁暗自琢磨。随后按照中介男的要求,简宁和欣鱼交换了身份证复印件看了一眼,同时怔了一下。

"原来不是欧巴,是大叔啊,我以为只有二十多呢。"欣鱼说道,"你还好名字不叫吴亮。"

中介男有些不明白,"叫吴亮怎么了,我有朋友就叫吴亮。"

"叫吴亮就是'无良大叔'了,岛国片看得少吧?"简宁摇了摇头,这个中介男缺乏幽默感。"不过没想到你这么小,我以为你至少二十多呢?"简宁又深深看了一眼欣鱼的浓妆。

"你是不是觉得吃亏了,大叔?"欣鱼笑了笑。中介男拿过他们的身份证一算,简宁,三十岁,欣鱼,二十岁。"还好,一轮都不到。"中介男说。简宁顿时觉得应该直接送这个中介男去婚姻介绍所面试。

走出房间的时候,欣鱼突然回头,不经意地问了一句,"大叔,你家网络应该很好吧?"

"嗯,没问题。"简宁抬起眼睛,和欣鱼对视了一眼,欣鱼慌忙低下了头。简宁突然感觉到这个回答对她很重要,顿时有一种说不出来的感觉。

第二天下午,欣鱼就搬到了简宁家。晚上简宁懒洋洋地

上海不相信爱情(第一部)

躺在白色的转角沙发上,手里把玩着电视遥控器,一边心不在焉地看着娱乐节目、一边看着欣鱼奋力地拆箱整理。"不是说上海男人都很绅士的嘛,你也不知道过来帮个忙什么的?"欣鱼一脸不满。"下午来回折腾地我累死了。"

"第二条,不干涉你私生活,不是说好的嘛。万一我帮你拆箱,给我看到了你什么隐私,比如郭德纲的偶像海报、凤姐的签名,或者是冠希老师的合影照就不好了嘛。"简宁懒洋洋地回答,丝毫没有帮忙的意思。

"唉,大叔,欧巴,大少爷,你是不知道搬家的辛苦。算了,不指望你了。"说着,欣鱼抱着一大堆衣服,进了自己的房间。简宁转过头,近十个牛皮纸箱散乱地堆放在客厅和卧室的过道之间,这都是下午的时候欣鱼和她朋友来回开了几次车送来的物品。

有专家说买不起房可以租房,可以租到 40 岁再买房,那就是站着说话不腰疼。搬一次家有多麻烦,那些早年已经享受过福利分房政策的专家是体会不到、或者是早已忘记了的。欣鱼不过是一个人,搬家已经这么麻烦,如果是两个人结婚或者是带个小孩的话,肯定谁都不希望再过这样居无定所的生活。这也是支撑着北上广高房价的一个理由。想着这些,简宁不禁有些走神。

"卫生间我是用哪个呀?"欣鱼清脆的声音从客卧中飘了出来。"你用厅里那个,我睡主卧,卧室里面自带的,以后就这么区分男用女用,OK?"简宁应答着。"对了,你是做什么的?"

客卧中沉默了，简宁看不到欣鱼的表情。哦，第三条，不想说话的时候绝对不要烦我，这么快就报复回来了，简宁想到。一会儿，简宁看到欣鱼笑嘻嘻地从客卧中跑出来，跳到沙发另一端，抱起个靠枕："大叔，你看我像做什么的？"

"这我怎么知道？反正你不像白领。"

"为什么？"欣鱼有些吃惊，不过看表情简宁是猜对了。

"我鼻子很好，嗅觉灵敏。看女人有时候不能用双眼，要用其他感觉。"简宁笑着说，"有部电影叫《闻香识女人》，说的就是盲人用鼻子泡妞的故事。"

"得了吧，就因为你属狗吧，鼻子比其他人灵敏点，"欣鱼也笑了出来。"想知道我职业啊，免了我做早饭的事情就告诉你。"

这丫头，利用一切机会谈条件啊，简宁暗自想到，看不出只有二十岁，估计很早就出来混了吧，"不用，一看你就是做不来饭的，我要涨租金。"简宁说。

"那还是做厨娘吧，不肯就算了，让你天天早上吃荷包蛋，吃到看到太阳就想吐。"欣鱼摆了摆手。

随后的同住生活比简宁事先预想的要好。每天早上6点起床，简宁总能在厨房里找到欣鱼准备好的早餐，有时候是荷包蛋配香肠，有时候是皮蛋瘦肉粥，当然更多的时候是从外面买来的豆浆、大饼油条、粢饭团、米饭饼什么的。而此时，欣鱼则仍旧在房间里呼呼大睡。这丫头，什么时候出去买回来的，简宁有些感动。说好食材我准备的，怎么能让女孩子掏钱，不如下个月就让她少交300元租金吧，简宁暗自决定了。

　　除了周末以外，欣鱼晚上的生活也异常规律。每晚7点多晚饭过后，欣鱼的房门就开始紧闭了。简宁由于工作的原因，回家也非常晚，因此两人几乎遇不到。但简宁很好奇，欣鱼的房间里总会传出各种各样的音乐声，有时候是柔情的慢歌，有时候是劲爆的舞曲，也有时候是简宁比较喜欢的优雅的爵士乐。偶尔简宁也能隐约听到欣鱼在说话，但听不清说什么。大概在和男朋友聊天吧，简宁想，反正不管我事。对于已经习惯了广场舞陪伴的简宁来说，这完全不算什么。

　　但是一到周末，欣鱼通常会出去玩。有时候喝得醉醺醺的回来，有时候不回来，直到周日的晚上。但不管怎样，只要欣鱼在家，一到晚上7点以后，欣鱼的房门就又开始紧闭了。

　　"周末去泡吧了吧？"有一个周末上海下起了大雨，欣鱼没有出门，便和简宁一起坐在沙发上看电视消磨时间。简宁半靠在沙发垫上，把脚放在茶几上，而欣鱼则盘腿坐在沙发上做着瑜伽的拉伸动作。

　　"嗯，和几个小姐妹出去玩玩，周末在家多无聊啊。你不去嘛？"

　　上海的泡吧生活对于简宁来说，已经是比较遥远的记忆了。简宁觉得，自己工作的繁忙程度就可以以茂名路酒吧一条街动拆迁为界限。之前还是比较空，偶尔去去那里的BABYFACE，和另外一家一个上海老主持人开的爵士酒吧。简宁在那个酒吧还偶尔遇到过几次那个老主持人，一身上海老克勒的打扮，不怎么和客人说话，喜欢一个人站在墙边随着爵士乐摇摆。但是，那条街动拆迁以后，简宁的工作也突然繁忙了起来，那段岁月便如断墙残垣般地被推到，慢慢地告别了简宁的生活。"嗯，除非工作必须吧。我老年人啦。"简宁漫不经心地回答道。

"大叔，你才多大啊，现在都是老树开新花、老牛吃嫩草、老当益壮、老而弥坚、人老心不老。八二配二八，身体顶呱呱。"欣鱼不知道哪里蹦出那么多词，简宁听了哈哈大笑起来。

"大叔啊，怪不得好像你没女朋友，你是不是有难言之隐啊？"说着欣鱼停下了拉形体，摆了个拗肌肉的造型，"阿波罗男子医院，让你躺着进去、站着出来……"

"谁说我没有女朋友？"简宁有些急了，"去去去，小屁孩子懂什么，整天到酒吧吊凯子，晚上也不知道睡哪里……"

欣鱼脸色一变，扭过头去。简宁自知语失，也不知该如何做解释。沉默了许久，欣鱼突然说了一句"下个月的房租我明天给你"，便气呼呼地进房把门关上了。

人与人的关系，很多时候保持在一个适当的距离是最合适的。就像两条一并向前延伸的平行线，既不用担心会交叉，又在彼此的视线范围内。欣鱼这个租客还是很不错的，比预想的要好，经历了一个月的适应，简宁心底里还是很满意的。

直到有一个工作日的下午，简宁因为遗忘了文件临时回了次家。打开房门，简宁看到欣鱼有些吃惊地看着他："今天怎么这么早？"

简宁也有些吃惊："你没上班么？"

"我白天工作比较少,除非有预约。"

"哦,我一直以为你有固定工作的。"简宁确实这么想。简宁一般早上 7 点就出门了,而此时欣鱼都在睡觉,简宁以为她上班比较晚。但听说她没有固定工作,出乎简宁的预料。随后简宁就看到地上刚拆开的一堆快递塑料袋和沙发上摊开着的一些衣服,有黑边白色的女仆装、粉色短袖配套帽子的护士装、纯白的公主装,还有一些简宁叫不出学名的衣服。这都什么呀,简宁震惊了："你玩 COSPLAY 还是制服的诱惑？"

"大惊小怪,"欣鱼拿起架子准备把衣服挂起来,一边说,"这是我的工作服,刚刚淘宝快递过来的……"

"工作服！ 你……是演员？"这是简宁脑海里能联系到的最好的职业了。

欣鱼转过头,微笑着看着简宁："我不用做早饭的话,就告诉你。"

"OK,成交,"简宁迅速地决定了。

欣鱼看着简宁,突然在简宁面前转了个圈,身上的裙子飞舞起来,像一朵瞬间绽放美丽的花朵。随即,欣鱼朝简宁做了个鬼脸,说道："你看我像不像一个主播？"

"……主播？ 电视还是电台啊？"简宁有点反应不过来。

"都不是,网络视频主播。"

（二）

东 屏

简宁的公司位于上海浦东陆家嘴的核心地段,毗邻黄浦江,在一幢美国著名银行开发的大楼内,马路对面便是号称上海最贵豪宅的某楼盘,有一些影视作品便以进入该楼盘拍摄作为卖点之一。不过简宁所在的大楼位置更好,并且他的办公室正对着浦西滨江,视野开阔,黄浦江景和浦西滨江的景色尽收眼底。东屏经常和简宁开玩笑,到过你办公室的土豪们,肯定觉得买旁边的豪宅就不值了。

东屏是简宁的同事,比简宁大两岁。说是同事,名片上印的都是常务副总裁,但却分别是同一集团下两家不同公司的副总裁。东屏和简宁的老板叫赵先,算是上海滩隐形富豪之一,身价少算也有几十亿。东屏和简宁跟随赵先多年,是赵先手下最得力的五虎将中的两人。赵先对这两个弟子一直很得意,常对别人说,手下五虎将,只有东屏和简宁是自己培养的,年轻有为、青出于蓝,而其他都是从别的公司空降过来的,算不得嫡系部队。

虽然有钱，但赵先一直行事低调。他把业务分成五大块，成立了五家公司，分别交给五虎将去管理，每个人都给了常务副总裁的职位。而五家公司的总裁则都是他控制的名义傀儡，有两个甚至简宁都没见过本人长什么样。为了小心，赵先甚至将五家公司分别租了五个不同的办公地点，美其名曰风险隔离。而五家公司的政府登记资料上，也查不到赵先的名字。

简宁所负责的是一家股权投资公司，主要做兼并收购的。而东屏则负责一家小额贷款公司，说得通俗点，就是曲线救国打擦边球放高利贷的。现在放高利贷的，已经不是以前普通民众概念里身高马大、虎背熊腰、长相威武吓人的黑道中人了，那些只能做做台前马仔，或者吓吓小老百姓，而幕后的债主往往是西装笔挺、人模人样、法律会计兼通的专业人士了。而高利贷的目标也往往不是简单回收本金利息，而是以放高利贷为契机，介入股权争斗兼并公司，或者靠正规司法途径兼并土地厂房，等等。因此，简宁和东屏的合作机会非常多，两人年纪也差不多，性格又互补，很多问题看法比较一致，也成为了工作之外的好友。

在简宁眼里，东屏是一个充满激情的人物，对于什么都充满激情，无论是财富、名誉、权力还是女人。特别是对于出人头地的追求，简宁觉得自己远远不如东屏。东屏常常挂在嘴边的一句话是："人就算不能像太阳一样光芒万丈，也至少得像流星那样瞬间闪耀。"而简宁则没有发光发热的追求，只要过得不比大多数人差，老了以后不为钱发愁，他就觉得谢天谢地了。虽然理想不一样，但是凭着对工作的认真负责，简宁和东屏的合作一直非常愉快。

偶尔，简宁会和欣鱼提到东屏。欣鱼一听便说，"东屏一定不是你们上海人吧。"

"什么叫我们上海人啊，你也在上海啊。而且现在很多上海人，祖上也都是外地过来的移民啊，相当于新上海人的第二代第三代啊。"确实，如果说到这一点，反倒是简宁的老板赵先，祖上一直居住在浦东川沙一带，算是真正的上海本地人。而简宁的爷爷，则是从浙江移居到上海，因此简宁一直觉得如果从严格意义上说，自己是上海人但算不上上海本地人。这种细微的差别，很多新上海人是不能够明白的。

东屏则是来自另一个连接上海的大省，江苏省的一个小县城。在许多上海女人的眼里，东屏属于典型的凤凰男。家境贫穷，完全靠自己的努力，在高考高手如林的江苏省脱颖而出，考进了上海排名前三的大学。大学毕业后，又选对了行业跟对了人，在短短十年间买房买车，人生进入了一个崭新的阶段。

"为什么你觉得他不像上海人？"简宁很好奇。

"我到上海也两年多了。你同事的作风，感觉不像。"欣鱼简单地回答道，"不过他应该很招女孩子喜欢吧，肯定比你灵。"

简宁已经习惯了欣鱼直率的风格，以及时不时地刺激他的话语。不过说得也对，简宁不得不佩服的是，东屏非常吸引女人，身边也从未缺过女人。时代已经变化，这年头已经不允许男人用低调的姿态等女人发现自己的魅力,孔雀开屏、公鸡长鸣之类的动物追逐伴侣的本性,更适合这个越来越丛林法则的社会。

东屏无论是 QQ 还是微信的头像,都是他那张从侧面开着跑车的照片。照片很合适地让人注意到,方向盘上的标志是保时捷。那是 2008 年全球金融大危机的时候,还不起钱的温州的老板们纷纷跑路或者跳楼自杀,而留下的富二代们又不知道如何收拾残局。东屏借这个机会,趁火打劫威逼利诱,忽悠兼恐吓地让一个富二代用一辆刚买的保时捷跑车抵充了公司 30 万元的债务。然后等到年终发奖金的时候,东屏又寻找时机,趁赵先喝酒高兴的时候,提出将这跑车抵做奖金的一小部分给他。最后等于东屏花了 10 万元不到的代价,取得了这辆大约价值 100 万元左右的保时捷。

东屏对于这段历史一直洋洋得意,而且常用来挤兑简宁,"你好把你那辆奥迪给换了吧,又土又老气,这样女孩子都跟别人跑了。"

简宁对此不以为然,"你看马路上开车,我只看到有让着奥迪的,没看到有让着宝马的。"开奥迪的,大部分是官员,或者是想冒充官员的,简宁则属于后者。有一次,简宁在路口变道,一个警察同志看到了走过来,示意简宁靠边停车。简宁突然作了一个首长向士兵敬礼的手势,然后随手指了指车窗前放着的停车证。警察愣了一下,没仔细看那张停车证写的什么,也回了一个敬礼的手势,就让简宁开走了。

当然,简宁不想换的更重要的原因,是不想比赵先的车更好,或者说是给赵先留一个同样低调的印象。赵先的车原先也是奥迪,用了 10 年,直到驾驶员说了安全问题很多次,赵先才换了奔驰,而且还只是 S350。其实以赵先的身价,至少应该是玛莎拉蒂或者宾利以上的级别。但是赵先对此却一直不是很在意。"我们不做公募或者私募,钱都是自己的,生意也只做老朋友之间的,车换不换不是太重要。"有一次,赵先对简宁这么解释。

而保时捷却是东屏泡妞的一件利器。东屏最喜欢干的事情,就是带着女孩子开着保时捷去吃路边大排档或者小吃。"这样才显得有品位、低调无架子,女孩子都喜欢。"东屏很得意。

"送你两个塑料袋。"简宁说。

"干吗?"

"装,让你再装……"简宁哈哈大笑。

当然东屏也有泡妞泡豁边的时候,有一次居然和简宁的秘书好上了。赵先集团一直有一个不成文的规定,就是员工之间不能谈恋爱,一旦有发生全部开除。并且赵先对此十分感冒。据说是赵先创业之初,在事业刚有起色的时候,自己的财务总监和营业总监谈起了恋爱,然后双双跳槽成立了一家新公司,拉走了赵先不少客户,给了赵先一个沉重的打击。一朝被蛇咬,十年怕井绳,赵先虽然自己不说,但通过代言人在集团内部三令五申过此事绝对不可以。

东屏当然也知道这个规定,但是他就是求刺激,还以为保密措施可以做到万无一失。可惜现在所有的事情,已经是在"互联网的天空"下了。一次，东屏和简宁的秘书去海南玩，拍了一些当地豪华酒店设施的照片，各自放到了自己的微信朋友圈。原以为不放合照就不会有人知道，但是毕竟集团内有不少人同时是两人的好友，而且有狗仔队潜质的人颇多，立刻就被人挖了出来。然后没过两天，东屏和简宁就被赵先的大内总管王风叫去谈话。

说是谈话，其实就是商量如何处理。王风是赵先的远房亲戚，也是在集团内部事务管理中赵先唯一的亲戚。某种意义上，他就算是赵先的代言人。于是，三个人在会议室里开了个小会。

"你们说怎么办吧？"王风老奸巨猾，先把皮球踢给了东屏和简宁。

简宁对这件事情一直觉得很不舒服。当然不是因为违反集团的规定，简宁觉得就像是东屏安插了一个小间谍在自己身边，打探自己的隐私。不过王风肯定知道自己和东屏的关系不错，既然把自己叫过来一起谈这件事情，肯定是想放东屏一马，有些话还是必须简宁说出来，等于是王风卖个好人给简宁做。

"唉，是她主动联系我的，"东屏一脸无奈的表情，"你们知道我那方面的自制力比较差，都怪我没有保护好自己。"

人不要脸天下无敌，简宁心想，"你都是别人来勾引你的，对吧。"简宁愤愤不平，"不过东屏和我都跟了老板这么多年，没有功劳也有苦劳，让他将功赎过吧。"

"集团也有自己的原则，有些原则是不能打破的，这个很麻烦呀,老板对这个很忌讳,你们又不是不知道。"王风故作为难。

"下次一定不会,王总请放心。而且最近的项目我也一直尽心尽力,已经几周没休息了,现在到了关键时候……"东屏看看简宁,示意简宁把话接下去。

简宁心领神会,"嗯,那个项目已经跟了一年多了,对方的魏总已经约在下周谈合约的事情了。要是谈成,今年全体员工的年终奖应该都有着落了。"简宁慢慢悠悠地说道。

"嗯,老板的意思是你要把精力完全放在这个项目上。有钱还怕找不到老婆嘛。"王风点点头。他又不是找老婆,简宁觉得有些好笑。

于是很简单地决定了结果,立刻把简宁的秘书开除。随后王风和简宁赶到了简宁所在的公司。简宁看到王风把秘书叫到了办公室,十几分钟以后,她红着眼睛走了出来。

其实小姑娘刚到公司的时候挺老实的,做事情也本分踏实。但也许是后来和东屏谈恋爱的缘故吧,人也受到了东屏那种气质的影响,为人也有些高傲起来。我要是早点发现就好了,简宁有些自责,不然就可以灭杀在萌芽状态中,不用让集团知道了。

于是简宁把秘书叫进自己的办公室,从保险箱取了8000元现金出来,拿了个信封包起来,塞在她的手里。秘书犹豫了一下,没有推脱。"你自己写个推荐信,我帮你签字,"简宁很温柔地说道,"以后看人要仔细点。"

"嗯",秘书低着头,什么也不说。简宁挥了挥手,秘书便走了出去。

回家后，简宁把这件事告诉了欣鱼。欣鱼叹了口气，"遇到这种事情，吃亏的总是女人。"

"嗯，不过嘛，谁的生活中不会出现几个人渣呢？"简宁说道。

"呵呵，那女孩漂亮么？"欣鱼转移了话题，"你不会是后悔没自己上吧，近水楼台先得月啊。"欣鱼不怀好意地笑了笑。

"嘿嘿，兔子不吃窝边草，天涯何处无芳草，何必要在身边找。"简宁笑着说，"你这个小脑袋瓜里怎么老是放着男欢女爱啊。"

"哪有？不过你现在是不是没秘书啦？要不要我去应聘？"欣鱼开着玩笑。

"你？被人发现我和你住一起，还不是开除你？"简宁摇了摇头。

最后欣鱼总结出四句话，东屏最色，赵先最狠，简宁最虚伪，还有就是：

男人都不是好东西。

（三）
主　播

　　2800 元一个月的房租，对于生活在上海的外来人员来说，并不是一个小数目。起初简宁还是有些担心欣鱼坚持不了多久，但欣鱼始终可以按时缴纳，有时候还会提前两天把钱交到简宁手中。并且欣鱼的日常开销也不小，基本不做饭，每天都是叫外卖或者到外面的小饭馆吃饭。每个月欣鱼还会花不少钱在健身、美容和购置衣物上。

　　"做主播挺赚钱的吗？"简宁说道，"很多你这个年龄的女孩子还在读书呢，你都可以在上海自己养活自己，过得还挺潇洒的。"

　　"没有啊，你是没看到我熬得苦的时候，"欣鱼说道，一脸满不在乎的表情，"反正有钱我也能过，没钱我也能过。"

　　简宁对于网络视频主播这个职业有些好奇，便"有事求百度"了一下。搜索的结果出乎简宁的意料，网络搜索排名最多的是一个韩国美女主播的视频，清纯的面孔搭配魔鬼的身材，只不过视频的内容实在是有违和谐。联想到欣鱼挂在壁橱中的那些护士服、教师服、女王装等奇装异服,简宁觉得还是有必要对欣鱼的工作做一下全面的了解。

那天晚上7点,当欣鱼准备像往常一样回房间开始直播时,简宁一脸严肃地拉住她,"我们还是好好谈谈……"

"谈啥呀,大叔,谈恋爱还是弹钢琴呀?"欣鱼没被简宁的表情吓着,开起了玩笑。

"嗯,这个,"简宁倒觉得不知道从何处开始,只好实话实说,"我到网上百度了一下美女视频,结果看到的东西都不太好……"

欣鱼愣了一下,然后盯住简宁的脸看了整整十秒钟,噗嗤一声笑了出来,"大叔,你想什么呀,我们可是绿色平台的视频主播,纯唱歌聊天的,和那个色情的完全不一样!"

"那你买情趣装做什么?"简宁问道。

"那不是吸引别人来看么,每天不同的装扮,才会有人要看啊!如果真是要那种色情的,还买什么衣服啊,你笨啊!"欣鱼一脸鄙夷,"我们这种主播,和电台主播有点像,只不过别人可以看到我们,而且还可以在线和我们聊天。大叔你管得真宽,有点像我爸了!"

简宁还是不太信,最主要还是收入的问题。做网络视频主播的收入如果超过一般白领的话,那不是人人都可以去做了?于是,简宁便对欣鱼说,要看一次她的直播。

欣鱼想了想,点点头,"行,那你去注册一个账号吧。"

欣鱼所在的平台叫做"平民狂欢",主播们都简称它为"PM",是一家刚搭建了不久的在线娱乐视频聊天平台。根据 PM 的主页介绍，PM 的目标是打造中国最大的草根娱乐平台，为在 KTV 等娱乐场所消费不起的屌丝们提供一个免费的在线看主播唱歌聊天的娱乐空间。每天，会有几千个视频直播间分不同时间段 24 小时提供网络视频直播，而其中大部分的主播是兼职，本身有自己的本职工作，只是在业余时间来进行消遣，与看直播的玩家进行互动。对于这些兼职主播来说，缓解压力比赚点零花钱要重要得多。

欣鱼则是属于签约主播，也就是专职主播，与 PM 公司之间有合约约束。对于签约主播，PM 公司每周都有直播时间的限制，欣鱼平均每天都必须直播 3 个小时以上，否则拿不到工作底薪。欣鱼平时也会接一些淘宝店网店模特的拍摄工作，但业务量很少。因此对欣鱼来说，网络主播是本职工作，网拍模特反而是兼职。

PM 网站的注册很方便，QQ、新浪微博等网络平台的用户可以直接进行嫁接，因此简宁就用自己的 QQ 号进行了登陆。"起个什么名字好呢？"简宁问欣鱼。

"你喜欢威武霸气的，还是低调深沉的？"欣鱼反问简宁。

"普通一点的好了，就叫'随便逛逛'如何？"

"'随便逛逛'？那主播很难记住哎！这样吧，我叫'月光女神'，我看你老管我像我老爸，'月光女神'的老爸就是'月老'啦。不如你就叫'月老随便逛逛'好了！"

"'月光女神'？你是每月花光的意思吧，"简宁笑着说，"对了，我不是你老爸，你不如叫我'干爹'吧！"

"行，干爹！人家昨天逛街的时候看到隔壁的老太太背着一个 Birkin 包嘛，"欣鱼开始发嗲，"过几天就是人家的生日了嘛，干爹！"

"少来这套，我一会儿就去看！你好去直播了！"

"嗯，好的干爹，我今晚 8 点开播！"欣鱼走到门口，突然回头很认真地说了一句，"千万别充钱！"

到了晚上 8 点，简宁便登陆了 PM 平台。PM 的主页上，贴满了正在直播的女主播的照片，有清纯可爱的，有成熟妖媚的，也有性感妖娆的。网站设计得很合理，玩家喜欢哪张主播的照片，点进去就是那个主播的网络直播间。欣鱼的照片很好找，照片下方有一个 8 皇冠的标志，还有 3584 这样一个数字。简宁便点了进去。

原来所谓的直播间，就是一个在线网页界面。网页的左边是一个视频界面，简宁看到欣鱼穿着一身低胸紫色的连衫裙，坐在一个圆形的麦克风前。连衫裙的上端只是到欣鱼胸口上面一点点，欣鱼雪白的锁骨和香肩尽现无遗。

欣鱼的网名叫"月光女神"，她的直播间便叫"月光女神的小窝"。看到简宁进了直播间，欣鱼便拖长声音说道："欢迎月老随便逛逛来到我的房间。哇，好像是新人哎，大家给点掌声吧！"

立刻，简宁看到网页界面右边的聊天室有许多人打出了"欢迎月老""月老么么哒"等字样。看来喜欢玩这个的人不少。简宁便打字私聊欣鱼，"8 皇冠是什么意思啊？"

"那是主播等级，越高越好！"欣鱼一边对着视频卖萌做鬼脸，和玩家互动聊天，一边打字和简宁私聊。

"那 3584 呢？"

"那是有多少人在线看我直播。"

哇哦，不少啊，看来长夜漫漫、无心睡眠、寂寞无聊的人有很多。看样子，这个在线 KTV 还是蛮有市场的，出于职业的敏感，简宁顿时来了兴趣。这时候，欣鱼调整了一下麦克风："好了不聊了，下面为大家唱首歌吧，《烟熏妆》，北少你最喜欢的这首歌。"

"被欺骗算什么，早已习惯难过。"当欣鱼低沉又悲伤的声音响起的时候，简宁愣住了。欣鱼低哑的声线，有一种说不出来穿透人心的魅力，让人的视线无法转移。那一刻，简宁突然有种想去触摸视频的冲动。

这时候，聊天栏里不断出现"某某某送给月光女神 1 朵玫瑰"的字样。简宁便私聊欣鱼，"玫瑰怎么送？"

欣鱼一边唱着，一边打字："那是要钱的。"

"哦，多少钱一朵？"

"1 个币。"

简宁一看，右下角有一个礼物栏，在"热门礼物"中的第一位就是一个"玫瑰"的标志，下面标注着"1 币"。这时候欣鱼已经唱完了，简宁便继续打字："1 币大概等于多少人民币？"

欣鱼懒得再打字，便直接在直播间中说话："月老，1 块人民币大概等于 1000 游戏币的样子，你按照 1∶1000 来算好了。"

那也不贵啊，1 朵玫瑰才等于 1 厘，10 朵也才 1 分钱，简宁想道。这时候,就听到欣鱼说道,"北少,你觉得我刚才唱得好吗?"简宁突然明白,这是欣鱼在讨要礼物的暗示。

直播间短暂地沉默了一会儿,突然页面中一道道流星飘过,然后出现了一对情侣坐在草地上看流星的动画。简宁看到聊天栏瞬间出现了"北少挚爱月光送给月光女神1个流星雨"的字样。

"这个在哪里送啊?"简宁问道。

"你到豪华礼物中去看。"欣鱼私聊回答他。

简宁点开"豪华礼物"栏,找到了一个灰色的流星雨的标志,下面标志着"140000币"。"哇,140元就这么点掉了,"简宁有些吃惊。

"这有什么,你去看最贵的。"

然后简宁点到"豪华礼物"栏的最后一页,有一个穿红衣的小女孩跳舞的标志,下面标注着"10000000币"。"靠,这是什么?"

"万物生,一万元人民币一个,又名'万物坑'。"

简宁看过欣鱼这次网络直播之后,大致明白了。欣鱼的收入主要还是依靠粉丝送的礼物。粉丝送的礼物越多越贵,PM公司赚的也越多,给欣鱼的提成也越多。

欣鱼的直播房间有一个粉丝榜,榜单上分别显示了当天、一周内、一个月内,以及直播间成立到现在,前几位粉丝的送礼金额。简宁看了最后一个榜单,也就是俗称的超级粉丝榜,第一名就是那个送流星雨的、叫"北少挚爱月光"的粉丝,送礼总金额超过了9万人民币。第二名则是一个叫"南少非月光不娶"的粉丝,送礼总金额也超过了 8 万人民币。其后第三名到第八名则分别送了总价值 1–4 万不等的人民币金额的礼物。看来脑残粉不少啊!最初听说这种娱乐方式的时候,简宁认为可能没有什么人会花钱,毕竟虽然看得到但摸不到,顶多是意淫一下,但看了欣鱼的超级粉丝榜,简宁明白了还真有人会花那么多钱。

南少和北少是支持欣鱼的两大土豪级粉丝。据欣鱼所知,南少是浙江台州人,30 多岁,好像是和别人合伙开厂的,具体做什么不清楚。只知道南少每天上得比较晚,估计白天比较忙,晚上也会有应酬。北少则是大连的一个富二代,二十五六岁的样子,每天无所事事,白天也经常上 PM 看直播。除了在欣鱼这里,还在其他女主播那里刷礼物刷了不少钱。

原先南少和北少都有其他网名,南少的网名中有个"南"字,北少的网名中有个"北"字。自从在欣鱼的直播间中认识之后,欣鱼一直叫他们南少北少,于是他们就把网名改成了现在的"南少非月光不娶"和"北少挚爱月光"了。

"南少北少,我还以为他们一个是南少林的和尚、一个是北少林的和尚呢!现在和尚都可有钱了。"简宁对欣鱼开玩笑说,"普通人谁肯砸个 8 万、9 万在这种游戏里?"

"嘿嘿,你也不看看我是谁?"欣鱼又盘腿坐在沙发上,拿着玫瑰红色的卡西欧自拍神器,从各种角度摆着不同的表情自拍。"不过 8 冠主播还只能说是超冠主播里一般般的。你去看看那些 15 冠以上主播的超级粉丝榜,超级土豪们可都是刷了百万以上的。"

简宁明白了,随着粉丝们送的礼物累积得越多,主播们的等级也会逐渐向上。最初主播的等级是 0 级红心,等升到 5 级红心以后会转变为 1 级钻石,钻石升到 5 级以后就会转皇冠。欣鱼目前是 8 级皇冠主播,而目前 PM 全平台排名第一的主播有 20 级皇冠。

"不过我主播时间短,只有 4 个多月。哎,争取到下周一升到 9 皇冠!来帮帮忙,帮我拍几张做瑜伽的照片。"欣鱼把自拍神器扔了过来,简宁抬手接住:"怎么用的?"

"很好用的,傻瓜都会!选个好角度,把我的小腰拍进去,要有线条的……"

欣鱼的照片拍好是要放到粉丝 QQ 群、微信朋友圈和新浪微博圈的。做专业网络视频主播有点类似做三线小明星,还是要讲究和粉丝互动的,特别是与土豪级别粉丝的交流。表面看看,主播每天就是在电脑前坐三个小时唱唱歌、聊聊天,实际上,直播间内的收获往往是靠直播以外时间的感情积累。

林子大了,什么样的鸟都有。"你不知道,我其实特烦那个北少,他微信聊天都是希望你秒回的,回复慢了,他就不断地发短信息震你手机。"欣鱼结束了自拍,拿出个瑜伽垫放到地上,做起了热身运动,"还是南少好,基本我不找他聊天,他就不会烦我,还刷礼物给我。"

"北少是在追求你吧,富二代啊,宝马车上哭泣吧,欣鱼!"简宁模仿着励志片中的配音。

"都大叔了还没个正经，"欣鱼不以为然，"北少给很多漂亮主播刷礼物的,你看他的级别都'诸侯'了。"

简宁后来才明白,不光主播们有等级,玩家们也有等级,当然也是按照消费的金额计算。像简宁这种不刷礼物的,自然是 0 级,然后是 1 级、2 级以此类推。等到 10 级以后,级别就会出现知府、巡抚、总督、少傅等封建社会的官位等级。直到最后几个等级是皇帝、玉帝、神和众神之神。小小一个游戏,也能完全体现中国几千年以来难以逾越的悠久历史文化,简宁暗自嘲讽。

北少的级别是"诸侯",也就等于北少大概消费了有 35 万人民币以上了,这也意味着北少在其他女主播这里也送了不少礼物。南少的级别是"太傅",比北少低了许多级,但同时意味着他大部分钱都是花在了欣鱼这里。"看来南少才是真爱啊! 做土鳖老板娘比跟着富二代靠谱!"简宁继续揶揄欣鱼。

全 PM 平台等级最高的女主播叫小雨露,是一个北京的主播。而她的超级粉丝榜第一位,也就是全 PM 平台等级最高的玩家叫小明,资料中显示所属地是"北京东城"。小明的等级是"神",相当于他已经在 PM 平台上消费了接近 300 万元人民币了。"这年头,叫小明的人都很牛逼!"简宁和欣鱼开着玩笑。不过要到"众神之神"却看似遥不可及。"众神之神"的消费额要超过 750 万元人民币。

有一个想法在简宁的心中慢慢地有了轮廓。第二天晚上,简宁又再次登陆了 PM,不过他没有去欣鱼的直播间,而是去了排名第一的小雨露的直播间看了看。

小雨露是一个标准的美女,标准的瓜子脸、大眼睛、高鼻梁、上翘船型嘴唇,很像范冰冰,但不是简宁的菜。小雨露说话也很老练,看不出实际年龄。简宁进直播间的时候,小雨露正在和粉丝互动:"你们说,如果一个男人很爱一个女人,应该给她什么呢?"小雨露一边眨巴着眼睛,显得楚楚可怜。

随即,简宁看到右边的聊天栏不断地冒出各种答案:"房子"、"钻戒"、"男人的心"等等。同时,不断有各种飞机、大炮、别墅、岛屿的动画在屏幕上跳出来。简宁看了下豪华礼物的价格,飞机100元1个,大炮80元1个,别墅150元1个,岛屿200元1个……房间里好不热闹。

过了一会儿,等大家都刷礼物刷得差不多了,小雨露说:"你们说得都不对。你们想知道我的答案吗?"

聊天栏里又是一片"想"的字样。小雨露深深地吸了口气,"婚姻,是婚姻。如果一个男人深爱一个女人,就应该给她婚姻。"

简宁的脑海里瞬间出现了一个女王调教臣民的画面,而这个女王就是小雨露。这个小雨露的心智明显远远超过给她刷礼物的粉丝们。正想着,耳机里突然传来了婚礼进行曲的音乐,画面上也跳出了几十辆豪华婚车开向教堂的动画。然后动画中出现了身穿礼服的一对帅哥美女,在神父的主持下交换戒指。简宁看了一下聊天栏:"雨露保护团—小明送给小雨露1个大婚巡礼"。直播间里一片"给力""牛""明哥威武"的赞叹声。

简宁点开豪华礼物栏，找到了大婚巡礼的标志，一头撞在了键盘上：大婚巡礼折合人民币 5000 元。如果按照这个节奏，神豪级的玩家是很容易消费达到百万以上的。

QQ 上，欣鱼的头像不断闪烁，"看了顶级美女的直播，感觉怎么样啊？"欣鱼问道。

简宁想了想，打出了一行字：

这就是个超级黑店！

（四）

计 划

　　经历了二十多天燥热酷暑的东方之珠，终于要迎接台风暴雨的洗礼了。虽然是从一个极端到另外一个极端，但是给这座南方的雾霾之城也带来了一个好处，就是能看到久违了的蓝天白云。简宁和东屏站在浦东陆家嘴环球金融中心91楼的酒吧，望着窗外蓝色海洋中漂浮着的白色帆船，恍若有种站在云端的感觉。

　　环球金融中心是现在上海市的第一高楼，地上一共101层，楼高492米，高耸入云。在它的一边是另一座上海前第一高楼金茂大厦，地上不算塔楼也有88层。金茂的外形类似西游记中托塔李天王手中的宝塔。关于金茂大厦的外观设计，传说是因为开发商请过一位颇有名气的风水大师看过，说浦东的陆家嘴地下有条巨龙，必须用宝塔给镇住，否则大楼要有麻烦。而在环球金融中心的另一边，另外一座摩天大楼上海中心大厦已经结构性封顶，并且它的高度比环球金融中心更高。三幢高楼成为了浦东陆家嘴，乃至全上海的标志性建筑。

从环球金融中心的 91 楼酒吧正好可以俯视金茂大厦的全貌。当然,也可以俯视上海浦东和浦西内环内的绝大部分建筑。曾经有一次,东屏站在落地玻璃窗前,看着浦西外滩的夜色,指着下面的万国建筑群,对简宁说:"我的人生理想,就是拥有下面一栋楼。"

简宁已经习惯了东屏这种毫不掩饰的野心,便开玩笑说,"我只要能把房产证凑齐一副扑克牌就可以了。"东屏听了,咧开嘴笑了。

赵先曾对东屏和简宁说过,人都要有梦想,而且梦想要越大越高越好。就像马拉松长跑,如果你的目标是从上海到莫斯科,那么也许你能跑到北京。但是如果你的目标只是到南京,那么也许你连上海市区的范围都跑不出。就是这样的梦想,吸引着东屏追随在赵先左右。否则,以他的能力和抱负,早该展翅高飞了吧,简宁这么认为。

东屏的小额贷款公司便在环球金融中心里面办公,集团的总部也在这幢摩天大楼里。赵先一直认为,人要低调,但公司的办公地方一定要选在高大上的地方。特别是做金融的,一定要在浦东的陆家嘴办公,让别人一看就知道你是做什么的,也算主业明确。从简宁的办公室走到环球金融中心,也不过 10 分钟的距离,因此简宁有空便来找东屏喝下午茶。

91 楼咖啡吧的下午茶很别致,精美的点心被摆成各种造型,而茶也是由专业的服务人员用专业的手法沏成的。东屏很有兴致,听着简宁说着在 PM 网上娱乐视频的所见所闻。

"这种网络 KTV 的设计模式才合理,我一直觉得传统夜总会的模式有问题,还不如古代的青楼。"东屏若有所思。

"此话怎讲?"

"这就是供需关系的博弈。你想,现在传统的夜总会里面选女孩子,都是领进一个房间让大款们挑选,大款们想挑谁挑谁,选不中还可以换。这种就是需方市场占优了,因此价格是统一的,也上不去。但是你看《杜十娘》里的怡红院,红牌姑娘从楼上走下来,各种土豪在下面等着,然后谁砸的银子多红牌姑娘就陪谁,典型的供方市场占优了。土豪之间不服气的,那可是一箱子一箱子送银子的。"

确实有道理。几千个人看一个主播,大家都在下面候着,等主播的垂青,那肯定是谁刷的礼物越多越有机会。这个和售楼公司前期积累客户,等到差不多的时候突然开盘造成哄抢的印象,从而抬高房价的手法差不多。

这种平台还有每天、每周、每月和全部时间内消费金额的榜单,以刺激土豪们相互攀比。同样,还有主播们收到礼物金额的榜单,也可以刺激主播们相互竞争,当然是拖着土豪们一起竞争。"不过有点好处是,我根据榜单大致推算了一下,我估计 PM 公司每月的营业额大概在人民币 800 万元以上,毛利大概可以到 40%–60%,税后净利润应该在 30%以上,这是都是保守估计。"简宁说道。

"并且 PM 公司刚成立不久,规模还在不断扩大中。这种公司,规模扩大了,成本的增长不会很大,无非是增加几台服务器而已,因此利润率会不断提高。"

东屏点点头，"对，而且这个概念非常好，草根娱乐，又是在线娱乐，最近互联网概念股走势强劲啊。不过说是说草根娱乐，实际上收入还是盯着富二代和精英们的钱包吧。"

"当然，一个土豪级粉丝抵得上其他粉丝的总和，"简宁想到了雨露保护团的小明，"我查了一下，其他类似平台上，有消费了 500 万以上的玩家。"

东屏明白了简宁的想法。简宁负责的是股权投资的业务，收购或者参股有潜力的公司是他的专长。就算目标不是 PM 公司，其他类似这样业务的公司也可以在考虑范围内。"那先要做下情况调查，"东屏说道。

"嗯，我已经安排左源去做了。投资计划书的草案我自己来写。我想优先考虑的目标是 PM 公司。"

"嗯，你熟悉嘛。我也准备注册个号去看看。"东屏说。

"也不完全是这个原因，PM 公司我在网上查了下，它注册在上海的张江高科技园区，很近嘛。我是不愿意老是跑外地了。"简宁笑着说，"工商档案也已经让律师去调查了。"

东屏也笑了。简宁和东屏，都是想到什么会立即去做的人。人生最怕的，就是在毫无意义的揣摩和等待中消磨时光。很多事情，不做是永远不知道答案的。

当天下午，东屏就在简宁的帮助下注册了 PM 平台。东屏起的名字依旧威武霸气，叫"沧海枭雄"，然后毫无意外地找了张保时捷的标志做了头像。"你还真直接啊，"简宁一脸鄙夷。

"你的头像，其实更霸气，没人会惹的。"东屏说。原来简

上海不相信爱情（第一部）

宁找了一张低头沉思的佛祖相作为头像。中国人，对神佛都有与生俱来的敬畏之心。"别充钱，"简宁想起了欣鱼关照过他的话，同样也说给了东屏听。东屏这时候正两眼放光的比较着 PM 主页上的各类美女照片，对东屏的话充耳不闻。老鼠掉进米缸里了，简宁想道。

随后，简宁和赵先通了个电话，沟通了下自己的想法。赵先也很感兴趣，询问了一下 PM 网站的基本情况。简宁很佩服，虽然赵先已经快到半百之龄了，又是几十亿身价的富豪，钱对他只是一个数字了，但是他对于新生事物还一直保持着一种完全开放的心态，并且永远维持着谦虚好学的态度。

于是，电话中赵先就拍板决定，对 PM 公司的初步调查结果一出来，集团内部就开一个高层会议，探讨入股 PM 公司或者类似在线视频娱乐公司的可行性。毕竟是互联网概念啊，又可以和网游概念挂钩，又会让人带有网络夜总会的联想，是很容易炒作的概念题材。

集团老板点了头，上 PM 看视频就变成了简宁工作的一部分了。当晚，简宁陪几个朋友应酬完了以后，急匆匆地赶回家，连澡都没洗便登陆了 PM。

欣鱼那天换了一套雪白的公主裙，头上还自己编织了一个小花圈，看上去就像童话电影中的仙女下凡。"怎么可以这么美？？"简宁进了"月光女神的小窝"后，情不自禁地打了一段私聊给欣鱼。

欣鱼微微一笑，回了一段私聊，"今天争取冲 9 冠，帮我坑人：)”

之前欣鱼告诉简宁，虽然主播们都很喜欢土豪刷礼物，但是主播又不能明要礼物。土豪也不是傻子，有些土豪就是不喜欢明着或者暗着讨要礼物的主播。所以很多时候，主播们明明心里想要礼物，又不能说出来，这时候就需要一些所谓的“托”帮助主播要礼物。骗土豪们把礼物刷出来，一般行内叫做“坑人”。

简宁一看，今天南少北少都在，觉得有戏了。然后再看了看欣鱼的等级，离9级皇冠并不远了，只差5000多元人民币。于是简宁便在公屏聊天上打了“女神你好像快升级了呀。”

欣鱼心领神会，马上说，“没有，我记得还差很多呢，你们谁能帮我看一下还差多少？”

简宁估计着，南少北少都会去点欣鱼的资料看等级情况。果不其然，北少在聊天栏打出了“还差5000多”的字样。

“那还要很久，我到这个月月底能够升到9冠就很满足了。”欣鱼说道。明明你和我说希望下周一就到9冠的，典型的以退为进的手法啊，简宁心中竖起个大拇指。这种情况下，很容易激起粉丝们提前帮助主播完成任务的想法。

“能讨这么漂亮的主播回家就好了……”简宁开始装屌丝了，“女神能叫我声老公吗？叫一声我此生无憾了。”

“为什么要叫啊，老公是不能随便叫的。”欣鱼说道，“你又不是今天的超粉第一。”

简宁感觉到，欣鱼在下套了。PM网站每一个直播间，都可以看到每天、每周、每月和有史以来的超级粉丝排行榜,其中每天的排行榜有个特殊的地方,就是第一名的名字前面会有一个红色的皇冠,俗称"帽子"。带帽子的玩家打字的字体颜色是红色的,异常醒目,别人一看就能看到。而普通玩家说话是黑色的字体,同时打字聊天的人多的话,很容易被埋没掉。

而且,这个红色的皇冠,是随着每天超级粉丝排行榜的变化同步变化的。也就是说,如果当天第一名粉丝被超过,立刻失去红色的皇冠,而由新的第一名粉丝获得。这就是俗称的"抢帽子"。

果然,北少上钩了,"主播,是不是今天谁抢到帽子,就叫谁老公啊?"北少打出一行字。

"不行,老公还是不能随便叫的。"欣鱼故作为难的样子,"要么北少和南少做老公老婆吧。"欣鱼笑嘻嘻地开着玩笑。

"就叫一声吧,就一声。"北少继续恳求。

欣鱼皱了皱眉头,简宁就在下面开始起哄"就一声、就一声",结果不少等级低的小号都开始起哄了。房间里好不热闹。

"好吧,真的是!"欣鱼假装很勉强地同意了。话音未落,画面中一道道流星闪过,简宁知道是流星雨来了,看了一眼聊天栏:"南少非月光不娶 送给 月光女神 5 个流星雨"。南少一出手就是 5 个,900 元了,离欣鱼的目标又近了。

"抢帽子也不要那么急嘛,"北少明显有点不悦。

"帽子总是你的,我只是帮主播升点经验,来,帽子拿去。"南少假装客气。由于南少抢了帽子,因此南少的名字前面出现了红色的皇冠,他的红色字体也显得异常醒目。

"你喜欢你就戴着吧,让她叫你老公好了。"北少明显是在说反话,"我就做个小粉丝默默地支持主播好了。"

"你是总榜第一,还是你来。"南少又打字道。

"女神明显喜欢你,你就不要浪费这个机会了。"北少的每一句都带有酸酸甜甜优酪乳的味道,毕竟是富二代,沉不住气。

简宁有些看不下去,打了一行字出来,"你们怎么把女神推来推去?这有什么好客气的。"

北少立刻回了一段,"月老随便逛逛,你怎么不送啊,看你到现在还是0级。"

欣鱼看到了,再次使出以退为进的手段,"月老,没事的,大家不用送我礼物,能经常来看看我就很高兴了。不要勉强的,我慢慢升级好了。真不用送。"

这招果然百试不爽啊,没过一分钟,画面上突然出现了一座巨大的火山,火山不停喷发出"LOVE"的字样。"北少挚爱月光 送给 月光女神2座爱的火山。"

简宁立刻查了下,爱的火山的标志下注明了1000000游戏币,也就是1000元人民币一个,2个就是2000元。这样,欣鱼就只剩下2000元出头一点的升级任务就可以升到9冠了。

就如同英雄联盟中的英雄补刀可以获取金币一样,一般主播升级的最后一个礼物由谁来送,会争夺得非常激烈。这个在 PM 网站中一般称为替主播"接生",就是帮助主播升级的意思,和"补刀"的意思差不多。简宁看到这里,知道今晚欣鱼一定可以升到 9 皇冠主播了,因为最后这点差距粉丝们一定会抢着帮欣鱼完成。

正想着,简宁看到有一个玩家在聊天栏问欣鱼:"是不是2500 元就可以升级?"那玩家叫"开路先锋",级别是 0 级,也是个刚注册的玩家。通常在主播和土豪眼里,0 级的玩家就等于屌丝。有的 0 级玩家玩了一年多,还是 0 级,意味着这些玩家光看视频娱乐但从不刷礼物给主播。因此,一般 0 级的玩家向超冠主播打招呼,很多主播是不予理会的。

但欣鱼这点很好,不管玩家的级别是高是低,欣鱼都会给予回应。"别看现在是 0 级,培养培养说不定就变成了肯花钱刷礼物的超级土豪呢……"欣鱼曾经对简宁解释过。

"对啊,开路先锋,要不要帮我接生啊?我马上升到 9 冠了,"欣鱼半开玩笑,"不过开路先锋你要是喜欢我的话,给我刷几朵小玫瑰花就可以了。"

开路先锋没有做任何回应。简宁不是很喜欢先前开路先锋说话的口气,有点居高临下的味道,大概在生活中是个小领导吧。几分钟以后,简宁的耳机里突然传来了飞机轰鸣的声音,视频画面上一排排的飞机在天空中飘过,摆出一个战斗机群的造型,好不威风:"开路先锋 送给 月光女神 50 架飞机。"

直播间顿时炸开了锅。50 架飞机,100 元 1 架,5000元人民币就这样一下子点掉了,相当于一个大婚巡礼。如果是一个皇帝级别的玩家这么做也许大家并不惊讶，但这居然是一个没有任何刷礼物经验的 0 级的玩家做出的事情。简宁也很吃惊，开路先锋大概是哪个土豪开的新号吧，简宁这么想。

这时候，简宁看到视频界面的上方，出现了一个滚动公告，内容也是："开路先锋送给月光女神 50 架飞机"，但是字体要大许多。"这是什么？"简宁问欣鱼。"哦，月老，这个是全平台公告。如果粉丝给刷的礼物价值超过 1000 元，就会出现全平台公告，其他直播间的玩家和主播都能看到。"哦，原来如此，以前一直没有注意到，这个游戏还是想尽办法来满足土豪的虚荣心啊，简宁想到。

也许是看到全平台公告的因素，"月光女神的小窝"里突然涌进了许多玩家，都是来看热闹的。聊天栏里，许多人在问开路先锋是谁？也有一些起哄的，说着"再来一次，再来一次。"但开路先锋始终不说话。欣鱼也是满脸疑惑，不停地在打字。简宁估计她是在和开路先锋私聊，于是问她："熟人？"

"不是，是个新人，但是完全不理人。"欣鱼回答到。

简宁点开了开路先锋的个人资料，由于刷了 50 架飞机，开路先锋的等级瞬间从 0 级升到了 8 级。但是简宁发现，开路先锋的所在地，填写的是上海 / 浦东。简宁心里咯噔了一下，隐约地觉得有一丝不安，难道是东屏又注册的新号？但是想想不会，东屏刚注册还不到一天，不太可能再开新号。而且这个开路先锋的头像用的是再普通不过的 QQ 企鹅头

上海不相信爱情（第一部）

像，不符合东屏一贯张扬的性格。简宁又点开了欣鱼的资料，欣鱼的主播等级已经是 9 皇冠了。

"开路先锋，为什么送这么多啊？是要我叫你老公吗？"欣鱼故意逗他。由于这么一刷，红色皇冠的帽子便落到了开路先锋的前面。简宁注意到，自从开路先锋刷了 50 架飞机以后，南少和北少都没有再说话。

"不必了，我走了，88。"这是开路先锋当晚的第一次打字说话，也是当晚的最后一次。之后，开路先锋便从直播间消失了。

好酷的男人，一下子刷了那么多钱，也不和主播进行互动，转身就走了，真土豪风范，简宁暗自想到。显然与简宁一样有同感的人也很多，许多人在聊天栏里打出了"开路爷真酷！""开路爷真人不露相"等字样。

当晚结束了直播以后，欣鱼兴奋地睡不着，便拖着简宁聊天。欣鱼的粉丝固然多，但是在上海本地的少，特别是土豪级的粉丝。开路先锋出手不凡，当场震住了南少和北少。欣鱼开始幻想起开路先锋的模样，"简宁，你说这个开路先锋这么酷，应该长得很帅吧？"

说到底，还是 20 岁出头的小女生，简宁微笑着说，"也许是个爷爷辈的，我估计今年叫干爹会过时，叫干爷爷会开始流行。"

"你是嫉妒吧，大叔！他肯定是个青年才俊，估计已经默默地看了我很久了，今天看到北少他们欺负我要我叫老公，就出来解围……"

"英雄救美的故事看多了吧，"简宁有些好笑，北少他们都已经刷了超过9万多元的礼物，结果开路先锋今天一次大出手，就让欣鱼的兴趣转移了过去。简宁不知道该说什么。然后，简宁突然想起来赵先在电话里关照的一件事情，便问欣鱼："他们刷这些礼物，你大概可以提成多少？"

　　"嗯，平均大概40%左右吧，"欣鱼回答道。

　　欣鱼今晚为了升级，大概收到粉丝们超过人民币1万元的礼物，也就是说欣鱼坐在视频前唱唱歌聊聊天，一晚的收入就要等于上海一些小白领的月薪了。简宁有些咋舌。

　　"这种机会不多的呀，要有土豪支持的呀。你不知道我一开始播的时候，根本没人看，一天收到的礼物不超过100元。我们都是有指标的，如果达不成公司的任务，每月收入也就1200元。"

　　"而且，PM公司的主播，签约的少，兼职的多。如果算上兼职的，大概要有一万多人吧。真正能够达到月薪上万的，大概也就100多个，我们可都是百里挑一的。"

　　确实，简宁也去看过其他的一些直播间，许多主播并不像欣鱼这样每天精心打扮自己，所穿的衣服也比较简单，不像欣鱼这样会准备各式各样的奇装异服。另外，欣鱼的唱歌实力一流，而且每天会准备不同的主题、配上相应的音乐放给粉丝们听。

　　所以，无论什么行业，一分耕耘、一分收获。别人比你强，也许就是在你看不见的时候多努力的那么一点点。

上海不相信爱情（第一部）

（五）
判　断

　　上海一直有"魔都"之称，不过很多人并不知道这个名字的起源。简宁曾经专门查过这个词的来历，"魔都"一词最早来源于上世纪 30 年代旅居上海的日本作家、村松梢风的一部畅销小说《魔都》。这部作品里发明了"魔都"一词，特指上海。之后相对应的，北京便经常被称为"帝都"。

　　简宁和东屏陪着赵先站在环球金融中心 61 楼的会议室，看着对面工地上汗流浃背的工人们。金茂大厦、环球金融中心、上海中心这三幢标志性建筑本身，已经构成了上海一道独特的风景。在很多论坛上流传着一组照片，是大雾天航拍的上海陆家嘴天空，只有这三幢摩天大厦的顶端部分从云层中耸立出来，体现着人类永于争先的精神。这组照片的名字就叫"魔都"。

　　"前两天，我一个外国朋友，问了我一个问题，我觉得很好。上海被称为'魔都'。'魔都'如果翻译成英文，是应该叫magic city 呢，还是 evil city ？"赵先对简宁说道。

"应该是 magic city 吧,魔力之都或者魔幻之都,evil city 不就等于魔鬼之都或者恶魔之城了么?"简宁站在赵先的身后,观察着赵先的表情。

"那你觉得上海为什么叫魔都呢?"简宁已经习惯了赵先这样,喜欢问问题而不给予答案。在很多投资项目中,赵先总是把问题抛出来,然后让简宁或者东屏把他自己想要的答案说出来。很多人年纪大了以后,都喜欢这样。

简宁想了想,"也许是这座城市有一种奇怪的吸引力和包容力吧,释放着一种魔幻的色彩,时而热情奔放让人无法拒绝、时而又神秘冷艳拒人于千里之外。我说不好,总之很有魅力的城市。"

赵先点点头。"嗯,魔都嘛,给人希望,也给人绝望,对于我们这种外面来上海闯荡的人来说,努力便有希望,不努力便是绝望。"东屏接过简宁的话语,"我们当时大学毕业留在上海的,大概有 30 多个,现在一半还在上海,还有一半已经回去了。"

"但不可否认,魔都也有包容力嘛。就说理发吧,既可以到造型公司去做 500 块一次的,也可以到大桥底下临时棚户区去理 5 块一次的。只要有工作,生活总可以过。"简宁有些不以为然,"我也有一些朋友回去的,但回去也很好,衣食无忧,生活也相对悠闲,节奏不用那么快。"

"你是不知道我们这种小县城出来的,对大城市有多么向往。哪怕你在上海的收入没有在老家多,但是回一次家别人也把你当大人物来看。而且上海确实有种奇特的地方,我

上海不相信爱情（第一部）

老乡们在上海的时候，无论怎么觉得上海不好，回去都是说上海好话的。"

上海的海派文化有一种强大的同化性和腐蚀性。无论是来自哪个地方，在上海长住久了以后的外地人，气质会渐渐地被同化。可能 20 年以后，他们自己也会无意识地变成了曾经年轻时所不以为然的上海人的形象，故乡的气息会慢慢消逝。而他们的下一代，则会彻头彻尾地成为一个上海人，与他们那一代的外地人争论上海的好与坏。

赵先看着对面正在安装着外玻璃幕墙的上海中心，眼神深邃而坚定："人有时候不一定要往上看，往下看看那些刚到城市里的人有多努力打拼，就感觉到自己不能停下来啊。"

简宁和东屏都感觉到赵先这话是对自己说的，互相之间看了一眼。说话间，会议室的大门打开了，走进来三个人，两男一女。赵先看了一眼，说："可以开始了。"

虽然是只有六个人的内部会议，但是李振亚还是把这次关于网络视频娱乐公司投资的初步评审会放在了创先集团最大的会议室。会议室的墙壁上，并没有挂赵先和政府官员的握手照或者是陪同参观照，而是挂着请著名书法家书写的"创先集团 永远创先"的牌匾。既然加入了创先集团，就要永远争先，这是创先集团的企业文化。

李振亚是赵先的秘书，三十多岁、一头直发、面容娇美，加上岁月磨练出的淡雅气质，让任何一个初见她的人都感到她是个优雅的顶级美女。李振亚跟随了赵先十多年，也算是创先集团的元老了。简宁和东屏都很清楚，如果说到赵先最最信任的人,并不是五虎将中任何一个人,也不是王风,而是李振亚。她对于赵先的所有决定,都是从内心无条件支持的。而且李振亚最难能可贵的一点是,她只做好自己份内的秘书工作,对于集团的任何其他事务从不干预,也很少发表自己的看法。"一个懂得装傻的女人才是聪明女人",简宁和东屏都是这么看的。

关于李振亚和赵先的绯闻,这么多年一直存在,但从未被人证实过。就算从大学毕业开始,就跟着赵先的简宁和东屏,也从未发现过任何证据。他们最初也有些怀疑,但后来一直没有发现过任何蛛丝马迹,也就觉得无意义了。

李振亚安装好投影仪以后,赵先挥了挥手,"可以开始了,左源你先说一说。"左源是简宁的得力手下,简宁安排的调查工作,左源用了三天就完成了,还制作了 PPT 幻灯片文件,用以说明。

"PM 公司是一个初创公司,成立时间不到一年,注册资本在 1000 万元左右。公司的股东有四个,最大的股东叫贺天,持有 60% 的股权。另外三个股东总共持有 40% 的股权,可以说,贺天算是 PM 公司的实际控制人。"

"他们是什么来历?"东屏饶有兴趣的问,"贺天是技术人才么?"

"不是。贺天以前是公务员,好像是上海信息化管理办公室的,后来辞去了公职,跳槽去了一家网络虚拟物品交易公司做副总,那家公司也给了他一点股份。后来那家公司被收购了,他也拿了不少钱,就联合另外三个人成立了 PM

公司。"

"那另外三个人的来历呢？"

左源没有直接回答这个问题，而是把幻灯片切到下一页，是一张图表。"这是我从艾瑞咨询的朋友那里得到的数据。其实现在像这种网络视频娱乐的公司也很多。目前市场占有率最高的一家叫9156，大概市场占有率已经有30%了。而且9156已经进行了B轮融资，很快会上市。"

"9156？就要我乐？好名字，"简宁笑道，"他们准备在哪里上市？"

"应该是香港，具体情况还在了解过程中。然后是第二名UU语音，市场占有率大约在23.5%左右。不过UU语音是美国纳斯达克的上市公司民民网的旗下公司，应该不会有其他融资需求。"

"PM公司现在排第几？"赵先发问了。

"大约是在第10位。不过除了前三名，后面第4到第10的公司市场占有率都差不多，前脚碰后脚的。"左源答道，"有一个好消息，就是PM公司目前还未进行过任何一轮融资，但听说他们好像有这个打算。"

比较出名的风投机构，一般只喜欢投行业前三的公司。行业排名在第十位，会很容易被"三振出局"，并不是大型投资机构喜欢的菜。而且，简宁和东屏都清楚，著名风投机构既有资金实力，又有过硬的政府关系，创先集团是很难竞争得过的。因此，类似PM这样的公司，反而创先集团才会有机会。

"PM公司的另外三个股东，以前都是9156公司的员工。听说其中一个是负责技术的，一个是负责技术支持的，还有一个是负责市场策划和营销的。"典型的"拿来"主义，会议室里的几个人都笑了。

"他们的财务数据拿到了么？"会议室中的另外一个四十岁左右的人发问了。他叫莫东岩，也是赵先手下的五虎将之一，是赵先从一家私募基金公司重金挖过来的人才。莫东岩负责的是创先集团的证券咨询业务，说白了就是替赵先做股票投资理财的。今天他也来参加这个会议，简宁事先没有想到。

"PM公司才成立了一年不到，财务数据很难拿到。而且最近信息保密越来越严，原先税务局的朋友这里也不提供了，花钱也不行。我们只能估算了下，估计月净利润超过250万元人民币，一年大概有3000万元。但这个数据肯定不准确。"左源解释道。

"嗯，头几个月肯定不盈利的，因此估计第一年不会有3000万元的，我估计1500万元比较保守，"简宁补充道，"但是随着用户数量的增多，成本越摊越薄，利润率会提高许多。"

"也不一定的，"莫东岩提醒道，"如果这个行业有至少十家以上公司的话，竞争会很激烈，而且肯定会互相挖墙脚。所以，如果将来估算净资产收益率同期增长比的时候，还是保守一点比较好。"

之前赵先一直安静地听着大家的讨论，没有说话。但这时候他挥了挥手,大家都把身体转向他。"各位,这个项目可以考虑投,比例不用高,持股比例大概15%到25%左右。简宁和东屏负责去谈,直接向我汇报。对了,最近东屏你那里的钱不要借出去了,以后你那块的业务风险会越来越大。具体事务的邮件,就抄送我们现在在座的六个人。"

赵先的决定简单明确,简宁很习惯这样的风格,逻辑清楚,思路到位。然后,赵先转向李振亚:"有办法和PM公司的贺天联系上么?"

"PM公司注册在张江,我们和张江集团还是有一些关系的。"

"嗯,这个就交给你去办了。"

"好的,估计一周内会有答复。"之后,六个人又讨论了一些细节问题,会议便结束了。简宁知道这件事情在集团内部就等于是初步通过了。

会议结束后,简宁正准备离开,突然手机开始震动。简宁瞄了一眼,是东屏发过来的短消息。简宁抬起头,发现东屏并没有在看自己,而是在假装整理资料。简宁点开短消息一看:3:30,四季酒店。

简宁转过头,发现赵先正在看自己,不自觉得尴尬地笑了笑。赵先突然说:"简宁,你的新秘书还没有合适的人吧?我这里有个人选,你先让她到你这里来实习试试。"

同时,赵先从台子上拿起一份简历,递给简宁。简宁瞄了一眼,刘瞳,22岁,女,新西兰坎特伯雷大学毕业,没有头像照。简宁顺手把资料放进了公文包,"嗯,老板您放心,我会安排的。"

浦东的四季酒店位于世纪大道和陆家嘴环路的交接口，从环球金融中心走过去不过五分钟的时间。这里的下午茶非常有名，环境好，点心的摆盘也很出色。当天下午，简宁便和东屏在这里碰了头。

"什么事情啊，神神秘秘的，搞得像地下党接头似的。"

东屏朝着简宁微微一笑，"你应该想到原因了吧。要不我们都写在手心里，看看是不是一样？"

简宁点点头，两个人便问服务员要来了水笔，各在手心里写了几个字。而后，两个人握住拳头，放到对方的面前，同时打开了手掌心。简宁写的是"莫东岩"三个字，而东屏则写的是"炒题材"三个字。两人同时哈哈大笑起来。

虽然字不同，但是简宁和东屏其实是一个意思。"PM公司排名才第十，而且排名第一的公司马上就要上市，排名第二的公司又已经是上市公司旗下公司了，参股这种公司，如果要等到上市才退出，不知道要等到猴年马月。"东屏说。

"嗯，今天莫东岩来我就觉得奇怪，股权投资这块不是他的专长，他来做什么？"赵先做事情一向小心，特别是钱方面的事情，不太会让没有关系的人知道，简宁想道。

"嗯，你知道吗，我听说最近莫东岩签了一个大合同，是一家上市公司的市值管理的咨询合同。"东屏神秘兮兮地说道。

"你小子还真消息灵通啊！"

所谓"市值管理"，说白了就是合法形式的"坐庄"，上市公司通过产业并购、上下游整合、市值提升等合法旗号,帮助拉升股价,释放利好,帮助大股东和投资机构出货套现。

如果东屏说的是真的,那么赵先的如意算盘就很清楚了。先入股 PM 公司的部分股权,然后设法说服 PM 公司股东将公司高价转卖给某家上市公司赚取差价。同时,事先大量购入该家上市公司的股票,然后等上市公司收购 PM 公司的时候,炒作"互联网在线娱乐"的概念拉高股价,出货谋利。另外,上市公司的大股东还通常会支付一大笔咨询费用。真是一石三鸟的计策。

"对了,你估计会是哪家上市公司?"东屏低垂的眼睛,不动声色地问简宁。简宁明白了,今天东屏叫自己来,是试探自己是不是知道具体上市公司的名字。赵先做事非常小心,这种"市值管理"的事情,一向是自己亲力亲为,就算是他的五虎将,除了参与处理的莫东岩,其他人都是无法得知具体公司名字的。

"我当然不知道,我知道肯定不会忘了你,你也不会忘了我吧?"简宁把皮球踢了回去。"那当然,我们是兄弟,有钱大家赚!"东屏马上回答,"不过你有没有线索?如果有的话,我们交换一下,也许能知道是哪家。"

简宁和东屏把最近所知道的赵先的行程互相沟通了一下,但是没有进展。赵先最近调研的上市公司有二十多家,而且他们也知道赵先一贯喜欢放烟幕弹。"要不你用下美男计,就牺牲下色相,看看能不能从李姑娘那里得到什么信息。"简宁开起了玩笑。李姑娘就是他们背后给李振亚起的绰号。

"得了吧,李姑娘最不喜欢我。我看她倒对你挺好的,每次到你们公司视察的时候,都会给你带点心。"东屏愤愤不平。李振亚对于花花公子素无好感,而东屏的花心在集团内部人尽皆知。

"算了吧,她那是带给大家的,她知道我都分给所有人的。"

当晚简宁回到家已经八点多钟了。可是让他意外的是,欣鱼并没有在自己房间进行直播,而是开了瓶红酒,独自坐在沙发上品尝。简宁走了过去,欣鱼抬头看了他一眼,默不作声。简宁发现她非常憔悴,连妆也没有化。客厅的音响里播放着蔡琴的老歌,空气中弥漫着颓废的气息。

简宁从厨房拿来了酒杯和醒酒器,把剩余的红酒倒进醒酒器,然后轻轻地旋转了十几下,再从醒酒器中给自己倒了半杯红酒。"你们有钱人就是矫情,"欣鱼红着脸说,"我们老家都喝白的,没那么麻烦!"

简宁记得欣鱼是安徽芜湖人,安徽人喝白酒也都很厉害。简宁曾经有个项目在安徽,那里中午吃饭喝酒,下午找个浴场洗澡按摩谈事情,晚上再接着喝。那段日子真是天天醉生梦死。

"嗯,可惜我家没有白酒,你就凑合凑合吧。"简宁说道,"有什么烦心事情么?"

欣鱼沉默了一会儿,"没什么,直播不太顺利……"

"没人刷礼物?"

"嗯。自从升到9冠后，运气就一直不行。北少又开始到处跑，看其他主播的时间比到我这里的多。南少也上的少了，以前是天天晚上十点多就会来报到，现在基本每两天才来一次。"

"那开路先锋呢？他可是一个隐形土豪呀！"

"别提了，他倒是天天会来，来只上几分钟，最多不超过十分钟就会跑掉，也不刷礼物。和他说话他也不理人。到现在QQ和微信都没要到。其他粉丝是问我要我不给，到他这里却给我摆谱了。"欣鱼叹了一口气，"不过我没事的，以前也经常这样的，熬一熬就好了。"

"你来上海多久了？"简宁呡了一口红酒，要是有奶酪配香菜就好了。

"快两年了。"

"一直做主播么？"

"没有，做这个也就四个月，哦，不对，大概六个月吧。你知道的，我读完初中就出来了，先做餐厅服务员，后来又到嘉定做帽子的厂做了几个月。那工作实在枯燥，我受不了就辞职了。后来就到处打打临工，做做网拍模特，也能养活自己，收入还比在厂子里高许多。哈哈，我辞职的时候，我们组的组长说我这辈子废了，但现在不是混得也不错，再差也比她强！"也许是酒精的关系，欣鱼的话匣子打开就收不住了。

简宁突然想起了白天赵先的那段话，看到那些刚到城市里的人有多努力打拼，就感觉到自己不能停下来。欣鱼不就是这样的人么。虽然没什么学历，但是找到了一条适合她自己的路，并且至少目前在上海生存了下来，还比很多高端商务楼里的白领要好。

"那你来上海以前，在老家做什么的呢？"简宁很好奇。

欣鱼一阵沉默，又狠狠地喝了一口。"第三条，我不想说话的时候绝对不要烦我。"简宁想起了这条家规，于是又换了个话题，"你怎么不找个固定的男朋友？哦，对了，一直想和你说的，酒吧里认识的不靠谱。"

"你想什么呢？我都和小姐妹一起出去玩的，有时候晚了就睡她家，回来怕吵醒你。好心碰到驴肝肺！"

"好吧，好吧，在上海有没有遇到合适的或者动心的？"

"也许有吧，不过那有什么用呢？我是不相信什么爱情的。"欣鱼叹了一口气，问简宁，"你说什么才是爱？"

简宁看了一眼欣鱼的眼神，冷漠又无助，心里有一种微微被刺痛的感觉。你不是谁的谁，也别去做谁的谁，心底有个声音在反复提醒自己。"我没法回答你，我是爱无能。"

"爱无能？好奇怪的词。"

"嗯，我大学的时候，一个教授曾经说过，每个人都只有一斗水的爱，所以千万别让它流得太早、太快。不然等你遇到了真正对的人的时候，却发现已经没有水了。我就是流得太早、太快了。"简宁又给自己满满地倒了一杯。

欣鱼忽然笑了，"那你不想结婚么？"

简宁摇了摇头，"不过我父母是很想早点抱孙子了，不孝有三无后为大，中国千百年来的古训。"

"看不出你还挺有孝心的，不如去相亲节目吧。"

简宁抬头盯着欣鱼看了一会儿,欣鱼被看得不好意思,低下了头。只听简宁一字一句地说道:

"你说对了,明晚我就去相亲。"

（六）
相 亲

简宁说晚上去相亲并不是开玩笑。三天前，简宁突然接到母亲从北京打过来的长途，希望简宁无论如何安排一个晚上的时间，去和某个女孩子见一见。"怎么，又把我当人情卖啦？这次是哪个邻居托你的？"简宁的母亲是一个极其喜欢交朋友的人，容易和别人自来熟，因此经常会有认识不久的人托简宁的母亲介绍对象。在实在没有合适人选的时候，母亲就会硬拖简宁上阵。

"没有，这次你要认真点，这是你爸爸的朋友托过来的。别像上次，穿个人字拖就去了。至少给对方留一个好印象！"

"哦，上次人家不也是很满意嘛。这样叫个性，你不懂的。"简宁应付道。"这次对方的条件据说不错，你还是穿的正式点，别给你老爸丢人！"简宁的母亲千叮咛万嘱咐，"就穿白衬衫和西裤吧，洗个澡再过去。"

"老妈，你也管得太宽了吧，"简宁很不耐烦，"这么热天，衬衫西裤？北京是不是很凉快啊？上海已经可以打赤膊睡觉了。反正我不穿拖鞋去就是了。"

"你也老大不小了，你看看你同学，差不多都结婚了吧？"简宁的母亲丝毫没有挂断电话的意思，"你看你最好的那个睡上铺的同学，人家小孩都七岁了。学学人家，大学谈恋爱，出来后就结婚，该干什么事情的时候做什么事情。趁爸爸妈妈年纪不大，到时候还可以给你带带孩子。"

又用这点来做诱惑。简宁知道，一旦自己结婚生子，母亲就一定会回上海来照顾孩子，父亲说不定也会向组织申请调回上海安排个闲职。听上去很美，但现实很残酷，要么随便找个就生了？简宁觉得自己就像一个准备传宗接代的小种马。"我还有一半男生同学没结呢，我急什么？相亲的事情我知道了，不会给你们丢脸的，放心吧！"说完简宁挂断了电话。

第二天下午没什么事情，简宁便提前回家做准备。天气实在太热，简宁也不想汗哒哒地去见对方。欣鱼刚睡好午觉，也在准备洗澡后化妆，看简宁提前回来了，便饶有兴趣地开始调侃简宁："啊哟，新郎官今天准备打扮得多帅啊？"

"切，都是大叔了，老了长得不行了。"

"现在不都流行大叔配萝莉嘛，不过萝莉都喜欢帅大叔，一般的大叔，比如你这样的，就不行了。"简宁知道欣鱼在调侃自己，就没有搭话。

欣鱼看简宁不理他，便又自顾自地又说了下去，"帅大叔的条件，你只有一点符合。""哪点？"简宁有些好奇。

"有平坦的小腹，哈哈！"欣鱼笑着说。

"你是夸我身材还可以吧,那其他几点是什么呢?"

"说话有腔调,着衣有品位,当然最重要的是,口袋里要有米呀,笨死了! 你以为只要是大叔就有萝莉喜欢吗?"欣鱼哈哈大笑。

见面的地点是由对方安排的,位于上海市中心的一个成片花园洋房保护区:思南公馆。这是一个旧城区改造项目,改造完成以后,思南公馆保留了五十一栋历史悠久的花园洋房,有独立式花园洋房、联立式花园洋房、外廊式建筑、新式里弄等等。简宁很喜欢这种既有中华历史文化底蕴,又结合现代西式建筑设计美感的建筑群,符合上海海纳百川的城市气息。"地方选得很好,"简宁暗自想道,"就不知道人怎么样?"

由于是父亲这边朋友介绍的,简宁还是稍微打扮了一番。平时简宁都是穿着正装,但是相亲简宁还是希望显得自然随和一点。休闲短袖衬衫是修身款,暗灰色直条纹的,领口是白面黑底两色双拼的两粒扣立领,细节上的修改显得不那么古板。裤子简宁选了休闲紧身直筒的白色牛仔裤,并把牛仔裤的裤管向上卷了几层,把自己的脚踝完全露了出来。这是欣鱼给的意见,"你要显得年轻就不要穿袜子。"包则是深褐色棋盘格驴牌单肩的标准款。

见面时间定在晚上六点,简宁提早十分钟到了,果然人还没来。简宁有过几次相亲经验,一般女孩子都是晚到的,简宁做好了等候三十分钟的准备。超过半小时人不来,我就走人,简宁暗自决定了。虽然介绍人把相亲对象的姓氏和手机号码留给了简宁,但简宁并不准备打。

以前几次相亲的对象,简宁感觉都是中规中矩的,人都比较老实。当然是不是真老实,反正和我关系不大,简宁这么认为。相亲的流程也是标准化的,先喝茶聊天,然后点晚餐,之后简宁把对方送回家,就没有什么下文了。虽然有时候对方会用短消息联系下简宁,但看简宁的态度也不是很积极,就不了了之了。

今天这个估计也是走程序,简宁正想着,手机响了,随后就看到一个女孩子推门走了进来,手上挂着手机。看到对方的打扮,简宁有些吃惊。女孩子倒戴着一顶黑色的棒球帽,穿着硕大的白色 T 恤,完全看不出身材。T 恤上印着古巴革命领导人切·格瓦拉的标准头像。她下身穿着一条到膝盖的紧身裤,脚上是最新款的 CROSS 黑白纹鞋子,手上则戴着卡西欧最潮的 GSHOCK 手表。这是从健身房刚过来么?这是来相亲的么?不过真是酷,简宁觉得有些好笑,自己应该穿人字拖过来的。

简宁没接手机,朝女孩挥了挥手。女孩看到了简宁,便径直走了过来。等走近一看,女孩是标准的鹅蛋脸,长着一双柳叶眉,眼神清澈,有高挺的鼻梁和微翘的双唇。相貌倒是很有女人味,有一点像杨幂,并不是假小子的类型,简宁想道。

女孩看到简宁微微一笑,"你好,你就是陆简宁吧?我是温蒂,姓温名蒂,朋友们都叫我英文名 Wendy。"女孩笑的时候,脸颊露出两个酒窝。外表90分,简宁心里打了一个分数。

欣鱼也有90分，只不过两个人是两个类型的。

随后两个人做了简单的自我介绍。温蒂25岁，香港大学硕士毕业，刚回上海，目前在一家中资银行做理财部客服经理。身世倒是很简单，又是独生子女，家庭关系不复杂，简宁心里开始有了斗争。

东屏一直说，追女孩子需要"三心"，决心、信心和耐心。其中，第一步决心很重要。若没有破釜沉舟、不追到手不罢休的决心，很多美女是会被别人抢跑的。二十分钟前，简宁还只觉得今天就是来体验生活的乐趣的，但是看到温蒂以后，简宁觉得自己的心态发生了变化，要不要下定决心试一试呢？

"对了，你平时都喜欢玩点什么？"温蒂问道。

不知道为什么，简宁脑海里突然想到了 PM 网站。"嗯，我平时很忙，周末有空就在家看看书，还有看看美剧，一般不出去。你呢？"

"我，也差不多啊，我刚从香港回来不久，还没有太多朋友。对了，你平时健身么？"

"嗯，"简宁停顿了几秒，老实回答道，"我一般都在家里健身，做做俯卧撑、仰卧起坐什么的，每两周会去和朋友打次网球。健身卡以前也办过，但都浪费了，所以健身房不怎么去。"

"哦，那也不错，"看得出温蒂略微有些失望，"不过你看上去保养得挺好的。健身房我每周都去。还有就是我报名参加了一个舞蹈学校。"

"哦,在哪里的?"简宁问道。

"静安寺那里。你打扮得挺潮的,看不出你还是个宅男啊。"温蒂笑着说。

"嗯,你穿得很运动,我还以为你要和我去看中国男足呢……"简宁又看了一下温蒂的打扮,"很帅气!"温蒂配合着笑了笑,看来简宁的笑话实在太冷。

也许是话题中断的缘故,突然之间两人都沉默了。简宁深深地凝视了温蒂一眼,温蒂有些不好意思,侧过脸去,随手抚摸了一下自己的头发。简宁心念一动,慢慢地说道,"其实我有个问题想问你。"

"没事,你说吧。"

"嗯,别怪我太突兀,你有男朋友吗?"

温蒂显然没想到简宁会提出这个问题,慌忙低垂下了眼睑。这个细微的动作自然逃不过简宁的眼睛,简宁心里已经有答案了。

"为什么问这个问题?"

"因为你很漂亮啊,性格也很开朗,应该会有很多男孩追,根本就不需要来相亲。"简宁直截了当地说。天上掉下一个大馅饼的事情,本身是可遇不可求,理智的简宁是不会轻易相信的。

温蒂听出了这些话中简宁的恭维是真心实意的,也不生气,微笑着停顿了半天后承认了,"嗯,你真聪明。"

"你也是被父母逼来的?"简宁突然有种豁然开朗的感觉,刚才还在为是否需要下决心追温蒂而犹豫,现在一下子就有答案了。所以说，人很多时候的痛苦在于需要选择，如果没有选择，很多事情倒也简单了。古代的时候，进了洞房揭开面纱才知道对方的长相，没得选大部分人不也相濡以沫到老了？

"也？难道你也是有女朋友的？"温蒂问道。

"哦，那倒没有。有我就不来了。说实话吧，刚才问的比较直接，不过我觉得你性格很好，我直接一些你也不会怪我。"简宁一本正经地说道，"我自己是不希望莫名其妙地成为第三者的。如果你有男朋友，只有解决掉了我才会考虑是不是要追你。"

这句话似乎戳到了温蒂的痛处，她低下头，看了看手机。简宁看的出温蒂的表情很不自然。温蒂沉默了一会儿，"你做过第三者？"

"嗯，"简宁面无表情，"大学毕业后有过两次，都是事先不知情的情况下。所以，我现在上手先问清楚。如果有的话，分了再来让我考虑考虑吧。你那个男朋友是不是有妇之夫啊？"

温蒂抬起头，像是被完全拆穿了心思。简宁的眼神很温柔，但是又带有一种不可捉摸的狡黠。温蒂突然觉得对面坐着的这个男人很有意思，表面上很斯文，骨子里又让人感到简单粗暴。"嗯，他是一个香港会计师，大我15岁。"

简宁又想到了欣鱼所说的"大叔配萝莉"的话了。"我父母接受不了，他又短时间离婚离不掉，一直僵持在那里。"

"你们认识多久了？"

"一年多了，有感情的。我父母逼我很多次了。这次实在没办法，所以我答应来相亲。实在实在实在对不起，我不是有意要来骗你的。"温蒂的脸上略微有些哀伤。

"没什么好对不起的，你也没骗我。再说，谁没有一些秘密呢？"简宁安慰道，但是语气有些冷漠。大哲学家黑格尔曾说过，存在即合理，这句话同样适用于感情世界。没有毫无缘由的爱，也没有毫无缘由的恨，存在即合理，不过与我无关，简宁这样想。

温蒂听了面露喜色，"你能理解我，真的很高兴。但我有个小小的请求，不知道你能不能答应我？"

"没事，说吧，只要不是杀人放火、坑蒙拐骗，我都可以考虑考虑。"

"你能不能假装我们开始谈恋爱了？"温蒂瞪大了眼睛，看着简宁。简宁立刻明白，如果这次不成功，温蒂的父母还是会逼她继续相亲的。貌似你要我做你的挡箭牌？

简宁犹豫了一下，温蒂嘟着嘴做了个哀求的表情，简宁又看到那两个可爱的小酒窝，于是说："你回去先这样说吧，我也会和父母这样说，反正平时手机保持联系好了。"言下之意就是不需要见面，"不过，如果我有了女朋友，可能就不行了。"

"放心好了，你能帮我应付过这段时间就行。到时候，他们就不会管我了。"温蒂很开心，"今天你别买单，都我来。"

"行，"简宁也不客气，鬼头鬼脑地开起了玩笑，"这忙可不小啊，你要不要先付点什么代价，比如以身相许什么的？"

"去去去，"温蒂的语气也变得轻松了，"刚开始看到你，我还想这个人一脸严肃，肯定很死板，没想到还是蛮好说话的。"

　　"没什么，其实我觉得你挺好。"简宁笑着说。

　　"哪里好了？"

　　"因为，你还相信爱情。"

（七）
会　面

　　简宁到家的时候,欣鱼还在直播,房门紧闭。简宁便洗漱了一番,到书房打开电脑,上了 PM 网站。刚进"月光女神的小窝",欣鱼便打出一行字:"新郎官回来啦,洞房怎么样啊？"

　　"老天有眼,揭开头纱一看,还是个美女。"简宁回复道。

　　"哈哈,运气不错,别人看得上你么？"

　　"听天由命。"简宁往旁边的玩家列表里一看,居然有一个叫"沧海枭雄"的,简宁想是不是东屏,但是一看级别,居然是贝勒。贝勒级别相当于已经花了人民币近二十万了,东屏不可能短时间内花那么多。正这么想着,手机响了,不是别人,正是东屏。

　　"兄弟,相亲怎么样啊？ 是芙蓉还是凤姐？"

　　"芙蓉,不过是郭芙蓉。"简宁回答道。

　　"运气不错嘛,这年头还有美女相亲的啊。人咋样啊？"

　　"刚认识,怎么知道？ 对了,你什么时候升到贝勒爷了？"

简宁有些好奇。

"当然是买的号。我问别人花了 2000 元买了一个别人不玩的号。"东屏回答道,"级别太低,进很多房间主播都不理你。"

"你小子不会在泡主播吧?"简宁瞬间想到了这个问题。

"嘿嘿,有一个蛮喜欢的。兄弟我和你说,别去看大主播,小主播好上手。"东屏在电话那头一阵坏笑。

简宁听欣鱼说过,这种视频娱乐平台,也兼具交友性质。很多粉丝玩的目的,当然没有只是听听唱歌这么简单。主播和粉丝谈恋爱,从网上走到现实的故事也有很多。不过当然,大部分是主播和土豪之间发生感情。"你知道吗? 有个网站,有个土豪在两个月内给一个主播刷了 500 多万人民币,后来两个人就在现实中谈了。"欣鱼有一次对简宁说。

500 多万? 那买个跑车也可以吸引不少女孩子了,真是烧钱烧得慌,简宁听了以后有些愤愤不平。"国家就应该好好查一下这些人,钱都哪里来的。"

"你这典型的屌丝心态。"欣鱼有些不以为然,"要是谁给我刷 500 万,我也跟他走了。"欣鱼一脸羡慕的表情。

当然,东屏的意思简宁很明白,等级低的小主播没有什么土豪守护,能够有个等级高的粉丝经常去看看,也是一件蛮值得高兴的事情。东屏这个人虽然花心,但是对女人其实小气得很,总喜欢花一分钱办十块钱的事情,简宁有些不齿。

"别忘了我们是来做卧底调查的,"简宁冷冷地说,"我就看看欣鱼就可以了。"

上海不相信爱情(第一部)

"你这样调查肯定不全面的,这种脏活累活就交给我吧,哈哈!"东屏又是一阵坏笑。

等东屏挂掉电话,几个短消息进来,简宁一看,母亲一连给自己打了好几个电话。简宁知道,肯定是来问相亲的情况的,于是给母亲回了过去。

"怎么样啊,小姑娘还可以伐啦?"母亲的声音很关切。简宁想到了答应温蒂的事情,便说,"长得蛮灵的,性格也好,可以发展发展。"

母亲有点意外,说:"那不错,你要好好把握把握。不要像以前一样,回来后就不和别人联系了,这样不礼貌的。小姑娘家里条件很好的,是你爸爸在上海的老领导介绍的,她父亲是上海市科委的,家教应该蛮严的。我明天去问问媒人,看看小姑娘喜不喜欢你。"

简宁心里一阵好笑,肯定说喜欢的。这出戏也要好好配合才能演得下去。母亲在电话里又问了一些温蒂的具体情况,便乐滋滋地挂断了电话。

简宁再看看直播间里,欣鱼不断在给自己打字。

"你觉得她怎样?"

"不会是爱上人家了吧。"

"怎么不理我?"

"说话呀!"

"?"

"……"

简宁赶快给她回了一行字,"刚才我老妈给我电话,不好意思。"

欣鱼没理他,在视频中自顾自和南少说话。简宁心想欣鱼是不是生气了?过了十多分钟,简宁看欣鱼仍旧没有回话,便下线退出了。

过了几天,便是约好和PM公司董事长贺天见面的日子。虽然天气热,但是简宁和东屏还是穿了西装打了领带,打扮得人模狗样的上路了。简宁让东屏别开他那辆保时捷,"你还是坐我车去吧,低调点,"简宁对东屏说。东屏做了个OK的手势。

赵先曾对简宁说过,除非必要的情况下,别让别人感到你有钱。主要原因有两点,一是让人感到有钱,问你借钱的人会非常多。借出去的钱就像泼出去的水,要做好收不回来的打算。二是做同样的事情,所花费的代价要远比实际价值高。比如说有些事情需要帮忙,别人可能帮你是顺手之劳,也没想过要好处。但知道你有钱后,可能就会觉得你理所应该给予好处。

如果参股PM公司,一般会采取股权转让或者是增资方式。简宁倾向于后者。但无论采取哪种方式,都是要付钱的。我和东屏都还只是打工的,打工的开保时捷去和对方见面,对方不狮子大开口才怪,简宁这么想。

"对了,你那个新来的秘书怎么样?"在车上的时候,东屏突然问简宁。

"嗯?"简宁有些警觉,毕竟东屏曾经和自己以前的秘书谈过恋爱,还闹得沸沸扬扬,全公司都知道了,简宁觉得自己很没面子。"不怎么样，小太妹一个。"

"不会吧……"东屏拖长了口音，"是不是你以前的秘书太出色？"

说到这个，又戳到简宁的痛处，以前的秘书毕竟用习惯了，很多事情不需要自己说就可以办好。"还不是因为你这个混蛋！"简宁骂道，"新来的这个刘瞳，说是说国外留学回来的，什么都不懂，连快递怎么查询都不知道。我都懒得教，让左源去调教了。"

"做秘书嘛，长得好看就行了。"

"一边呆着去。长得也一般，还搞了个狮子头染了七种颜色的头发，每天穿 T 恤上班，脖子上还喜欢挂着长长的金属链子。那天还不小心给我发现，她手臂上有骷髅纹身。"

"这么有个性啊，改天我要去看看。不过你当心点，别是老板的眼线。"这句话说到简宁心里了，赵先没道理过问招聘秘书这种小事情的。如果赵先要推荐人员，一定是有原因的。但简宁最近很忙，没有时间顾忌这些了，先用着再说吧。

PM 公司位于张江高科技园区内一幢破旧办公楼的三楼。这幢办公楼是旧厂房改造的，外墙面的涂料都已经剥落，很多地方还出现了深深的水印，而上楼的电梯还是货运电梯。很多初期创业的公司，都是在这种不起眼的地方开始未来宏大的征程。微软是在一家旅馆房间里创立的，而阿里巴巴最早是设立在马云家里。"英雄莫问出处，美女莫问几手"，简宁和东屏心里都这么想。

"其实这里是我心中的痛，"简宁故作难受地对东屏说。

去年，创先集团有意入股张江的一家初创公司，名叫沪海网，是做在线教育的。赵先很看好在线教育未来的市场，打破了传统教育必须定时定点去上课的模式，任何时候、任何地点都可以看教学。如果做得好，可以成为一个崭新的用户资源平台。可惜最后，在沪海网 A 轮融资计划中，创先集团被几家老牌的风投公司打败，甚至没进入第一轮候选人的名单。

并且，简宁还知道赵先另外一个计划。赵先联合了几家境外基金公司，准备利用浑水机构阻击在美国上市的中资概念股"新西方"教育，并趁价格低的时候发动全面收购。同时，在日本股市低迷的时候，他们已经大量买入了幼儿教育领先者"巧狼"的股票。而"巧狼"的中国版目前市场占有率极高。如果所有的计划可以完成，垄断中国未来教育的雏形便可以形成。

由于入股沪海网的失败，再加上考虑到"新西方"教育 VIE 模式的法律道德风险，赵先最终放弃了整个计划。"梦想要大，失败了也不可怕！"赵先当时说的话始终在简宁的耳边回荡。

一进入 PM 公司的办公场所，简宁便觉得心情很好。虽然办公楼外表很破，但是 PM 公司内部却十分整洁。大理石的地面干干净净、玻璃门擦得如同镜子般可以反射人的身影，绿色的盆栽也看得出是经过精心打理的，让人感到春意盎然。过道的墙壁上，贴着十几张美女的海报，"这都是我们的签约艺人的照片。"负责引路的前台小姐说道。

"哦，原来在你们这里叫签约艺人啊，名字比叫签约主播好听。"简宁心里想道,然后仔细去搜寻有没有欣鱼的海报。东屏则咧开嘴笑道,"每天看了这些照片上班,公司的员工一定很有干劲吧!"

转了个过道便到了一个硕大的会议室。设计很合理,会客区在外,办公区在内,并且两个区域有明显的分割,避免客人看到员工工作的情况。这个 PM 公司的老板,应该是个很细致的人,简宁和东屏对视了一眼,不约而同地想到这一点。

到会议室刚坐下,简宁便看到一个身穿淡蓝色短袖衬衫、深色长裤、戴副黑框眼镜的男子兴冲冲地走了进来。他大约四十多岁,国字脸,浓眉大眼,鼻如狮翼、嘴大若船、耳如大钟,看上去非常有佛相。他应该就是贺天吧。

简宁跟随赵先多年,对面相多少有点研究。赵先一直说,八卦、易经、面相、手相这些都是老祖宗留下的国粹,是有一定道理的。社会很复杂,每天要和许多不同的人打交道,要短时间完全了解一个人很难,有时候不得不借助一下这些奇门异术的知识。当然不排除也有很多奇人异相的人,但是赵先喜欢和面相好的人打交道,用人也通常喜欢面露和善之相的人,不得不说也是和他多年的商场经验有关。而贺天的面相,应该是属于赵先认可的类型,简宁想道。

贺天很热情地走了过来,用力地和简宁、东屏握了握手:"你们好,我是贺天,你们一定是创先集团的陆简宁和许东屏吧。没想到这么年轻,长江后浪推前浪,年轻有为啊!"

"哪里哪里,贺总开玩笑了,我们在这行,还只是初出茅庐的新人,以后还要请贺总多多关照。"简宁对贺天报以微笑。

"陆总不用谦虚了，虽然外界了解不多，但是在业内，创先集团还是赫赫有名的。两位能够各自担当创先集团的重任，不会是等闲之辈的。赵总好福气啊，手下人才济济。"

"贺总过奖了。能够与贺总认识也是我们的福分，希望将来能够有一个愉快的合作。"

"今天这么热，还让二位大老远跑一次，实在是不好意思啊。我们这里条件比较简陋，希望二位不要见怪。昨天我朋友给我带来了上好的西湖龙井，我让他们给二位泡上来。"

等到坐定以后，三人又寒暄了几句，便直接切入了正题。"二位也许知道，我们公司成立时间不长，在这个行业内算是晚辈。但是我们的几位股东入行较早，也算是积累过一些经验。这个行业也属于新兴行业，也符合国家扶持第三产业的指导思想，我想前景应该是广阔的。"贺天开始做简要的介绍。

"而且，从现在国家的反腐力度来看，传统娱乐业由于涉及不良的内容，被查处得很厉害。我们公司的发展方向，是做一个绿色的在线娱乐平台，为草根群众的娱乐生活提供一个放松的渠道。我们对于旗下的签约艺人有严格的管理规定，绝对不能涉及任何违反法律法规的行为。"

简宁和东屏点点头，表示能够理解。贺天继续说下去："在成立公司之前，我们也做了市场调查。目前做这个行业的公司有十几家，数量也不算少，但良莠不齐。也有纯粹提供'打擦边球'内容的在线视频娱乐公司，但就算这种灰色地带，我们也严格限制。"

"虽然竞争对手不少，但是从调查的结果来看，中国目前二三线城市里，老百姓的娱乐方式还是很少，特别是互动式的娱乐方式。很多人在家看看电影、电视剧，但是毕竟缺乏交流。我们的消费群体，主要是针对这一部分人。"

简宁心里有些想笑，贺天的话虽然没错，但是只能作为一个故事来说。毕竟这种在线娱乐公司要赚钱，目标还是那些精英消费群体。在很多主播房间的超级粉丝排行榜上，往往一个土豪的消费金额，要超过其他粉丝的全部。

"张江集团的张总和我是好朋友，他说你们对我们公司很有兴趣，想了解一下，我们非常荣幸。我们也非常希望能够得到一些投行人士的专业意见，看看我们有哪些地方可以改进的。"贺天的态度很诚恳，这给简宁和东屏增添了不少好感。

简宁先对创先集团的情况做了简要的介绍，特别介绍了几个成功上市的案例。创先集团的业务领域很广，五虎将除了简宁、东屏和莫东岩各自分管的业务之外，还有两人是负责集团期货业务和海外投资业务的。贺天听了很有兴趣，对于创先集团的实力有了进一步的了解。

经过初步交流，双方留下了一个比较好的印象。简宁比较喜欢这样聪明又实干的企业家。有一些老板，上来就喜欢吹嘘，希望用所谓的实力和政府关系震住对方，反而为简宁所不齿。赵先说过，做企业的人有几种：第一种是有100分的能力但只说70分，第二种是有70分的能力说70分，第三种是有70分的能力说100分，还有一种是只有10分的能力说 100 分的。最后一种人是最不可交往的,深交会带来麻烦,并要简宁和东屏牢记这一点。贺天显然不属于最后一种人。

然后,贺天便带着简宁和东屏参观了一下 PM 公司。PM 公司的办公区域是完全开放式的,装修很简单,但是用了很多有意思的软装去点缀。比如说休息区放着伸开五指造型的单人沙发,墙角处吊着一个拳击用沙袋,等等。这倒是很符合互联网公司的特点——轻松、自在、随意。

贺天指着一个靠窗的区域,对简宁说,"这是我们的程序设计部,也是我们员工最多的部门。"

"哦,有多少人?"

"大概 20 多人吧。我们每周都会设计新的内容上线,用来吸引老玩家。"简宁点点头,东屏则觉得有点问题,"贺总,不好意思问一下,公司市场推广部和客户服务部大概有多少人?"

贺天明白东屏的意思,公司如果要做大,市场推广和客户服务的人员也不能太少。"市场推广大约有 10 个人,客户服务人员会少点。不过我们有一些 part time 的客服人员,公司刚成立不久,能省就省点吧。"

"目前的程序设计主要是针对 PC 电脑版的吧?"简宁把自己想问的问题说了出来。

"嗯,是的,"贺天点点头,"正好有关这方面,我也想听听二位的意见。"简宁大概知道了贺天所想了解的内容,又看了东屏一眼,东屏若有所思。

（八）

需　求

　　中午，在简宁的坚持下，三人便在公司附近的一个小餐馆用了个便餐。简宁有自己的想法，创先集团的老板没有来，对方的董事长倒亲自接待，已经是给足面子了。如果是正式的招待，还是让老板对老板比较好。

　　用完午餐，三人又回到了会议室，继续开始了上午的话题。简宁单刀直入："贺总，我对程序设计不在行，但是提点小建议，您也看看有没有可取之处。现在用手机玩游戏的人非常多，而且这也是个趋势。贵公司的电脑网页版的界面做的非常成熟了，不知道手机的版本开发设计得如何了？"

　　贺天沉默了一下，显然这就是上午他想向简宁他们征求意见的问题。东屏接过话："贺总，您应该也知道去年资本市场对手游有多热情。去年有一家上市公司，靠着影视概念和手游概念，股价翻了四倍。我们来之前，也做了一些调查，目前这个行业领先的两家公司，手机版本都做得不好。当然我们也不清楚是什么原因造成的，但是从我们普通人的角度来看，手机玩游戏其实比坐在电脑前更方便。"

"嗯，"贺天点点头，同时也对坐在对面的两位年轻人更加刮目相看，说的问题很有针对性。"其实我们也在开发手机版，计划在三个月内推出市场。但是目前这方面的人才市场上很抢手。"

"有没有想过把开发业务外包？"简宁问道。

"暂时没有，毕竟会涉及很多公司内部的商业秘密。而且外包公司一般会在项目开发结束后，将相应的项目内容略作调整后再卖给其他公司，我们实在不放心。"

简宁刚想说些什么，东屏抢先发话说，"这个我们倒是可以在朋友圈里问一问。我有朋友是专做互联网人才中介的，看看他这里有没有合适的人选。"简宁心想，东屏你可真想到了什么就说什么，不过有时候商业谈判中这也是必须的。

"那就太好了，到时候该支付的费用我们也肯定会支付。"贺天说着客套话，然后转入核心问题，"我们公司呢，还没有启动第一轮融资。你们大概也听张总说了，目前也有这方面的打算，融资的钱主要就是用于手机版的开发，以及进一步的市场推广。"

"哦，不知道贺总打算融多少？"简宁问道。

"八千万到一个亿吧。我们准备释放出 20% 左右的股权。"贺天轻描淡写地说道。如果是八千万取得 20% 的股权比例的话，也就是贺天将 PM 公司估值在四个亿左右。目前的情况下，PM 公司的估值能到四个亿么？果然看看是个儒商，谈起钱来狐狸尾巴就露出来了，简宁想道，在商场上混迹多年的果然都不简单啊。

"那不知道贵公司现在净利润有多少？"简宁问道。

"现在还没到年底，还没经过核算，我没办法随便说。"贺天罔顾左右而言他，"不过我们自己内部测算过，我们预计后面五年的年复合增长率至少在60%以上，这还是保守估计。"

简宁没有说话。这个贺天虽然是公务员出身，倒是很适合资本市场。上午刚接触的时候还是比较低调，但是到下午讲起故事来倒一点不含糊。资本市场就是需要这种会讲故事的人。不过赵先的计划是先入股再说服贺天将公司注入某家上市公司。现在看这个情况，就算可以入股成功，能否说服贺天按照后面的计划行事，看来也有很大的难度。

"不瞒二位，现在对我们公司感兴趣的风投还是很多。张江集团的张总也给我们介绍了另外一家国资背景的，已经接触过一次了。他们对我们公司的估值和我们预计的也差不多。"

贺天的话在简宁的意料之中。有人抢价格才可以抬高，就算没人抢，也要把自己打扮成香饽饽，这是规则。如果贺天不这么说，简宁才会觉得奇怪。"国资有国资的好处，出手比较大方。"简宁笑着说。言下之意，反正是国家的钱，花起来不心疼。

"不过，我们创先集团进行股权投资的一般原则是，只做战略投资者，不参与公司的管理和经营。但是国资的公司就不一样了。一旦国资进入，公司的很多事情，都需要经过国资委审查。而且就我们所知道的情况，很多国资入股的初创公司，最后因为国资公司干预太多，结果不欢而散的案例有很多。"简宁继续说道。

"对啊，如果国资进入，则股东的获利退出渠道就会受到许多限制，这点贺总应该知道吧？"东屏补充道。

"呵呵，我们公司规模虽然小，但也是希望做百年企业的。"贺天摆了摆手。"当然，今天能够和你们认识也是一种缘分，我也希望彼此能够再多多了解一下。"

这时候，一位女性员工敲了敲门，拿着一份文件资料走了进来："贺总，不好意思打扰几位了。这里有份文件需要您签字，代理公司等着要。"

贺天把文件放在桌上仔细地看了一下。简宁瞄了一眼标题：高新技术企业认定申请表。贺天抬头注意到了简宁的眼神，笑着说，"我们现在也正在做高新技术企业认定。如果认定成功，企业所得税可以降低，这样就算业务收入不增长，利润也会高许多。"

简宁微微点了下头。按照目前国家的规定，如果高新技术企业认定成功，企业所得税可以从 25% 降低到 15%，这可是等于送了一大笔钱给企业。所以很多企业挤破头皮，也希望得到这张减税的门票。

简宁的脑海里瞬间冒出了温蒂的身影。温蒂的父亲不是上海市科委的领导吗？而科委正是认定高新技术企业的关键部门。简宁没有说话，低头沉思起来。

贺天签完字，把文件资料递交给女员工，又开始说："我们公司人不多，但是心很齐，大家有劲都往一处使。二位都

上海不相信爱情（第一部）

是青年才俊，和我们公司大部分员工年龄相仿，以后就算不谈正事，也欢迎你们有空常来坐坐。"

"一定一定的，上午在公司的办公区域逛了一圈，我都感觉自己年轻了好几岁。"东屏说道。三人又闲聊了一会儿，便结束了这初次的会谈。

晚上回到家，欣鱼已经关上房门开始直播了。简宁注意到，最近欣鱼直播得特别早，有时候从下午五点就开始了，结束时间也比以前晚，有时候到半夜两三点钟。想到自己自从相亲回来，欣鱼就没怎么和自己好好聊过天，简宁有些失落。于是便简单吃了点东西，打开电脑上线了。

欣鱼坐在麦克风前，一脸不高兴的样子。简宁一看，南少北少都不在，只有一个低级别的粉丝饭团在聊天栏中和欣鱼说话。欣鱼曾经告诉简宁，这个饭团在欣鱼直播的第一天就来了，之后就一直没有离开过，一直衷心耿耿地守护欣鱼。"不过看他似乎没怎么刷礼物给过你？"简宁说道。

"人家还是大学生，已经把饭钱省下一半给我了，你还想人家怎么样？"

"把另外一半饭钱也都给你啊！"简宁半开着玩笑。

"你倒蛮适合做主播的，心这么狠！"

"不狠啊，这是为他好，这样他就可以利用课余时间去勤工俭学了呀，到时候玩游戏的时间也少了，说不定就此踏上了比尔·盖茨之路啊！"

自从欣鱼升级到了9冠以后，似乎霉运就来临了。每次直播的时候，欣鱼的人气一直提升不上去，最多也就到3000

人左右，更没什么新土豪来守护。南少的生意状况似乎出了点事情，上线时间比以前还少，礼物也刷得非常少；北少就不提了，恢复了花花公子的本性，而且喜欢去看等级非常低的小主播，据说还和一个小主播谈起了网恋。"这个北少，口口声声说只爱我一个，还不是处处留情。"欣鱼恨恨地说。

"蛮好来，人家名字还没改，不还是'北少挚爱月光'吗？等人家改了才算是抛弃你了。"简宁哈哈大笑，"以前你不是老是抱怨北少要你秒回微信吗？现在不烦你了，是不是有点怀念啊？"

"别哪壶不开提哪壶？老娘有的是微信要回。而且你不知道，还有 QQ 粉丝群要照顾，我们也不容易。"

今晚欣鱼已经直播了三个小时，简宁瞄了一眼当日的粉丝榜，欣鱼收到的礼物不到 200 元，也就是说她才可以提成 80 元。欣鱼看到简宁进了房间，私聊了一句："好没意思，唱歌唱了半天，都光看不刷礼物。"

"这些都是看你唱了几个月的人了，估计都看麻木了。你得去认识些新土豪啊。"

"嗯，最近我已经很努力了，播的时间也比以前长很多，你说我是不是应该去烧烧香？"欣鱼的表情一脸无奈。

"也行，不过熬一熬吧，现在就当做黎明前的黑暗吧。不过你刚刚黎明过，总不见得不允许黑暗永不降临吧？"

"我有时候真搞不懂那些土豪的品味。有些女主播又不好看，唱歌也不行，为什么就那么多土豪给送礼物？"

"不知道，萝卜青菜各有所爱。"简宁心里不以为然。很

上海不相信爱情（第一部）

多土豪年纪轻的时候并不是土豪啊。他们也许被漂亮女孩子拒绝过,心里有阴影;或者对漂亮女孩有距离感,反而会比较喜欢邻家女孩,或是比较容易说话的女孩。欣鱼是属于有点冷艳型的外表,但笑起来却特别有亲和力。"你要多笑笑!"简宁打字道。

"没事我傻笑啊! 一会儿就下了,你不急着睡吧,陪我聊会儿。"

"OK。"

直播完了以后,简宁和欣鱼便开了瓶红酒,坐到沙发上聊起来。"你当时怎么这么快决定租我这房子了?"简宁有些好奇,"其实我觉得做网络视频主播很方便,不用租在内环内啊。在上海任何地方租个房子,买个电脑,搞一套视频麦克风直播设备就可以了。而且,上海租房成本比较高,完全可以到三线城市去租个房子,成本还比较低,但收入可能是差不多的。"

"嗯,不过我比较喜欢上海,而且如果你在上海,上海的土豪们关注你的可能性就比较大了。你看那个开路先锋,不就是上海的么?"欣鱼回答道。

"有些道理。那你当时是看上了我平坦的小腹?"

"也不是,人家不是被以前的房东要赶出来了么,只能找个男人投奔一下了咯。"欣鱼开起了玩笑,"我以前借的是居民小区,结果我每天音乐已经放得很小声了,但是隔壁的老太太还是嫌吵,老是上门,被我骂回去了。结果她开始曲线救国,找房东抱怨,还告到居委会。这下房东没办法了,就只能赶我走。"

"你这个房子很好,沿街,楼下本来跳广场舞的就有点吵,而且大部分都是办公的,晚上不会有人来赶我。而且你的房间装修得很好。你看有些主播的房间背景很简陋的,墙壁上都有裂痕,给别人感觉很廉价的,这样礼物也刷不上去。你的房间家具是欧式的风格,给别人看了第一印象就是有点档次的主播。"

哈哈,这不也是营销学里的自我包装么?简宁想笑,"那我房租收便宜了咯?明天就涨价,5000 元一个月!"

"欧巴,我们可是签过合同的,受法律保护的。欧巴要是涨我价,我就只能去睡广场上了。万一晚上被别人欺负了,那么欧巴你就要负责我一辈子了。"欣鱼眨巴眨巴眼睛,"对了,欧巴我看你也不刷礼物,也不怎么去看别的主播,老趴在我直播间,不会是喜欢上我了?"

"切!我们是房东和房客的关系,我舍不得那点房租的。"

"守财奴!"

简宁犹豫了一下,便把创先集团有意入股 PM 公司的事情告诉了欣鱼。"如果不是认识你,我们还不知道有这种在线视频娱乐公司。只要炒作得好,这会是个比较好的题材可以利用的。"

"唉,你们生意人,做什么事情眼里都能看到钱。我还以为你被我迷上了呢,原来是玩潜伏啊!对了,你老板多大,有老婆吗?小孩有几个?"

"你想干吗?"

"哎，要是能嫁你们老板，那买了 PM 公司后，我就不是老板娘了？到时候看哪个主播不顺眼，就开掉哪个，多威风！"

"白日做梦，我们老板都结婚二十多年了，小孩都快上大学了。"简宁想，再说我们只是入股做战略投资者，又不负责经营管理。不过不用和欣鱼说这些。

"不过话说回来，最近手头是有些紧了，还好最近找我拍片的人还是蛮多的。实在不行的话，我准备去接一些站台的活。"

"站台？"

"对啊，我以前只接一些摄影模特的活，不接礼仪走秀那种。那种太累而且钱不多，又很多模特抢着做。而且我自己对摄影也比较感兴趣，也在学，希望以后年纪大了可以转行做摄影师。"

"哦，那不错，有理想总是好事情。不过摄影器材可是很贵的哦。"

"嗯，入门级的我已经有了，现在也在攒钱。你看我周末酒吧都不去了。家里用钱也很厉害。"

简宁从没有问过欣鱼老家的事情，他觉得这是欣鱼的隐私，欣鱼不说他也永远不会问，而且这也是欣鱼第一次提到她老家。"你兄弟姐妹几个？"

"一个姐姐一个弟弟。弟弟还在念书。但是我姐姐已经很多年没有联系过了。"

"哦，排行老二啊。"有种说法是老大当宝养，老二当猪养，一般老二都不太受待见，而且下面还有个弟弟。"你父母是不是不太管你？"

"嗯，一直都不管。"

"那你还往家里寄钱？补贴弟弟读书吧？"

"嗯，不是。你不了解，我家已经不种地了，地也被村里一起承包出去了。家里人也都搬到县城里了。爸妈都有工作，弟弟不用我养。"

哦，不过欣鱼每个月都往家里汇钱，看来还是蛮孝顺的，简宁想道。

也许是喝了红酒的缘故，欣鱼的脸上泛起了微红，在柔和的灯光下，显得楚楚可怜。这样的一个女孩子，也许在直播间有许多人陪伴，被许多人爱慕和追捧着，但是离开了直播间以后，却又如此的落寞和空虚。对于很多玩家来说，PM 网站是一个让人上瘾的鸦片，但对于主播来说又何尝不是呢？

"你觉得，我是不是应该参加一些比赛？"

"比赛？什么比赛？"简宁很好奇。

"PM 网站定期会举办一些比赛，最近就有一个每月一期的，叫疯人游戏？"

"疯人游戏？"

"对，我们私底下都叫它'坑人游戏'，专门坑人钱的比赛！"

（九）
评　审

　　一周之后，简宁和东屏一起坐在创先集团环球金融中心的会议室内，等着召开关于投资 PM 公司的项目初步评审会。莫东岩也早早地赶到了会议室，坐在他们的对面，仔细地看着简宁所草拟的初次会面的情况汇报。李振亚则在指挥网络管理员链接视频通讯。

　　"这次老板什么事情，去了日本这么久？已经快一周了吧？"东屏侧过身，看着简宁问道。

　　"嗯，听说是个海外投资项目，他带着老林去的，"简宁回答道。老林是创先集团负责海外投资业务的副总裁，也是赵先手下的五虎将之一。"日本有个跨国旅游集团，在长崎投资设立了大型的游乐主题公园。据说最近释放了一部分股权出来，准备募集资金搞新一期的开发呢。"

　　"长崎？有人去玩么？"莫东岩听到简宁的介绍，产生了一些兴趣。

　　"嗯，日本这个老板胆子很大，据说在大家不看好的情况下，用很低的价格圈了一大片地，开发了这个主题公园。据说一开始经营情况一般，但是现在慢慢好起来了。"

东屏想了想，"哦"了一声，"我大概知道你说的是哪个了，是不是那个以《海贼王》做主题的游乐园？那可是日本人气最高的漫画。难道他们想做日本的迪斯尼？"

"也许吧，"简宁应付地回答着。这个时代，有着太多有想象力并努力实现着自己想法的人。"反正我还知道这个老板投资了蒙古的银行，赚了不少钱。"

"现在中日关系不好，老板怎么会想到投资那里的？"莫东岩加入了讨论。

"老板就是个喜欢反向思维进行投资的人。"东屏评价道。很多东西，在最糟糕的时候才是机会。"如果在三鹿氰胺事件后，能够想到大量买入伊利股份的话，我现在就可以退休了。"

"你那时候如果大量买入上海家化，估计现在也可以退休了。"莫东岩笑道。金融危机最严重的时候，能够敢于买入价值被严重低估的股票的人，现在都发家了。简宁默不作声，心里却很得意。2008年底的时候，简宁就买入了一些上海家化的股票。当然，集团的人并不知道。

"好的企业都是有自我修复能力的，再说我们现在是强势政府，政府总有办法的。"李振亚也插话道。她跟了赵先那么多年，自然也懂一些经济。

大家沉默了一会儿，东屏突然说，"我想起最近有个新闻，说日本有可能会开放赌场牌照。"简宁也想起这个新闻，

上海不相信爱情（第一部）

日本首相安倍去年的货币贬值刺激计划似乎已经不太管用了,经济增速也有所放缓,日本国内要求开放赌场牌照的呼声也很高。毕竟赌场的缴税金额很高。

嗯,这就不奇怪了。几个人同时想道,赵先一贯是喜欢提前布局的。按照新加坡的情况来看,一般这些国家的赌场,都不允许本国人进入,因此都是由外国投资的企业进行经营的。长崎距离上海很近,据说孙中山当时逃难的时候,就是从长崎上岸的。如果能够在长崎经营赌场的话,中国人去的话会很方便……而且再怎么说,澳门也是中国的一部分,监管得很厉害。很多官员和土豪去了多少次,赌了多少钱,国家安全部门其实都清清楚楚,无非查不查你而已。但如果在长崎的话,可能就完全不一样了。

大家正有一句没一句地聊着,就听到网络管理员说了声"连上了!"于是都转向了大屏幕。屏幕的中央,赵先正坐在一间装修布置很简单的会议室内,看着大家。而屏幕的右下角有一个分割的小视频,里面是上海这边会议室的情况。"老板啊,长崎怎么样? 热不热?"东屏热情地打招呼。

"嗯,和上海差不多。"赵先在视频中审视了四人一番。"我们这样的视频会议,其实和看在线网络直播差不多啊,就是没有放音乐啊!"莫东岩说道。

"而且美女也有了!"简宁紧接着莫东岩的话,大家便都去看李振亚。李振亚脸色微微一红,赶紧低下了头。"那我们是不是要给点礼物啊?!"东屏笑道。

"好了,不开玩笑了!"赵先打断了大家,"简宁的报告大家都看过了吧？有什么想法，大家今天简单地交流交流。老莫，你先来说说看。"

莫东岩左手拿起手中的文件，右手拿着一支笔，显然刚才审阅简宁报告的时候是做了笔记的。"赵总，那我先谈谈我的看法。首先说说项目优势的地方。第一，目前中国正在从一个制造大国向一个消费大国进行转变，国家的政策导向是刺激消费、鼓励消费。而PM公司这样类型的公司，是符合国家产业方向的。

第二呢，我认为现阶段商业模式的创新比技术创新更重要。旧的商业模式如果不创新，很快会被新的商业模式所替代。你们别看我年纪大，我和我家那口子买衣服都是上淘宝的，买日用品上一号店，买小家电上京东，逛商场都是去孵空调的。"听他这么说，东屏哈哈大笑，"老莫你还需要蹭空调啊，当心被雷劈哦！"

"玩笑话，玩笑话。在线娱乐平台这种模式也是比较新的，市场潜力还是比较大的。并且，这种和互联网有关的商业模式，将来如果要讲故事也比较容易。"莫东岩继续说道。

"第三，这家公司的盈利模式比较清晰，至少我很容易明白。简宁这边调查的也很仔细，一笔收入，按比例分给主播、工会、运营代理之后就是毛利，很好计算。我不喜欢那种盈利方式很复杂，或者完全要指望政府补贴的公司。"听到这里，赵先点了点头。

简宁马上补充道，"实际上这家公司的毛利可能更高。因为有大量的兼职主播根本完不成任务，也不指望靠这个赚钱,纯粹是玩玩的。而玩不成任务的话,PM 公司不用给任何报酬,等于这部分主播所获取的礼物金额完全被 PM 公司独吞了。别看这部分主播每个人获取的礼物金额都很小,累积在一起就很客观了。"

"对啊,积少成多嘛,银行的手续费、电信的短消息费不都这么赚钱的吗?"东屏鼓了鼓嘴。

"嗯,第四也就是最关键的是,从简宁的报告来看,对 PM 公司贺总的评价还是不错的。而且从表面来看,这家公司的管理也是不错的。投资就是投人,管理团队才是企业的灵魂。"莫东岩继续说。简宁和东屏对视了一眼,确实贺天给人的感觉对投资这个项目是加分的。

简宁挺佩服莫东岩的,张嘴就可以一二三四归纳总结,给人感觉逻辑性很强。这样的人适合做投资,赵先曾说过,大部分赚钱的行业或者项目,都是有内在的经济逻辑性的。

"你说的优势我知道了,那缺陷呢?"赵先问道。

莫东岩吸了口气,看了简宁一眼。简宁知道他在组织措辞,既希望说明问题,又不得罪自己和东屏。毕竟第一次是自己和东屏去的,莫东岩也不想说话给人感觉是指责简宁和东屏调查不够仔细。

"第一,从报告上可以看出,这家公司的手机版平台还没有开始做。我自己也调查了一下其他几家竞争对手的情况,有两家的初步手机版已经形成,开始试运行了。"

"嗯,"赵先皱了一下眉头。

"第二,这家公司的基本财务情况也没有向我们公开。

我们只能估算，但是我现在感觉我们的估算是不准确的。如果没有财务资料的话，我们完全没办法进行准确估值。"

"不过，如果双方有正式意向的话，可以做法律和财务的尽职调查。这个我相信贺总会配合的。"简宁解释道。

赵先突然说："简宁，你要注意，这种互联网公司的估值方法和传统的有很大区别，我朋友上次给我介绍了一家财务顾问公司，我接触过两次，水平不错。你可以和他们联系下，吃不准的地方可以问他们。一会儿让振亚把联系方式给你。还有，你要和互联网调查咨询公司沟通一下，付点钱，获取下对方真实的月度活跃用户数量和其他数据。"

简宁点点头。"第三，我还没有想到，"莫东岩说着笑了起来，"现在万里长征才算踏出了第一步，现在对方是否有诚意我们还不知道呢。"

"嗯，简宁你报告里说，PM 公司通过张江集团的张总，和一家国资背景的投资产业基金在接触？"赵先问道。

"是的，"简宁点点头，"贺总能够说是张总介绍的，那估计不会骗我们，毕竟张总我们也认识。就不知道这家投资产业基金是否真的有兴趣。"

"嗯，振亚，等我回来帮我联系安排一下，和张总吃个饭。毕竟我们是老朋友了，就算没这档子事情，也该聚聚。"

"知道了。"李振亚回应道。

"简宁、东屏，你们怎么看呢？"

"我觉得老莫已经把我们想说的都说了！"东屏笑了起来。"哪里哪里，你们写得比较详细嘛！"莫东岩赶快摆了摆手。

然后,简宁和东屏各自谈了自己的想法,基本上是大同小异。东屏提出应该见见另外几个股东,毕竟另外三个股东也是管理团队成员,并且各自承担一块业务,虽然股权比例不高,但对于 PM 公司来说也是非常重要的。赵先点点头。

等大家都说完,赵先发话了:"看来大家对于这家公司的初步印象还是很好的。我相信对方也不会讨厌我们,而且对方有融资要求,这就具备了合作的基础。那么下一步的工作,一方面要对对方有个全面深入的了解,另一方面也要让对方相信我们,愿意和我们合作。因此我们要和对方保持联系,加强交流,同时看看有没有什么可以帮得上忙的地方。"

好的风投机构,除了提供资金以外,都是可以帮助初创企业解决实际困难的。这个市场上不缺钱,能够帮助初创企业发现问题、解决问题、快速发展,才是区别优秀的风投机构和一般风投机构的分水岭。

"上次贺总提到,PM 公司在申请高新技术企业认定,也许我能帮得上忙。"简宁想了想,说道。

"嗯,那很好! 这可是一大笔钱啊。而且一次认定管三年,如果这次我们能搞定,下次他还需要我们的。"莫东岩说道。

"是的。PM 公司现在的市场占有率不高,我估计我们的竞争对手不会很多,也不会很强。"赵先看了大家一眼,"我在日本的这个项目很重要,我会花一些时间和精力。PM 公司这个项目,就交给简宁和东屏去干,你们放心大胆地做。当然，需要我出场的时候，提前和我说一下就行。另外，如果吃不准的地方，和莫东岩商量就可以了。"简宁知道，赵先等于把担子扔给自己和东屏了。

大家又聊了会儿，便结束了这次会议。东屏叫住了简宁："等我一下，我送你回去。"

"不用了吧！这么近。"简宁有些诧异，环球金融中心走到花旗大厦不过十分钟的距离，"难道你的保时捷就用来做这种短途出租？"

"哦，没有，你下午有事么？"

"没什么重要的事情。"

"那我想找你聊聊，很久没去江边看看了。"东屏深深地看了简宁一眼。简宁点点头。

这天天气很好，阳光明媚。黄浦江的水面水平如镜，波光粼粼。简宁和东屏悠闲地坐在宝来纳餐厅户外的长椅上，一边喝着无酒精软饮料，一边看着江上来来回回的各色船只，不时鸣着汽笛声。对面就是著名的万国建筑群，错落有致地述说着上海悠久的历史。

东屏伸开双臂，靠在椅背上，"很久没和你一起来这里了。"

"嗯，以前集团刚搬到陆家嘴的时候，我们常来。当时规模小、人少，都在这个震旦大厦里。现在都分到五个地方了。"震旦大厦也是一线江景办公楼，正对着浦东滨江大道。

"是啊，当时震旦大厦也算比较好的楼了，现在有些旧了。这里的变化真是快啊！"东屏感慨道，"你还记得顾总么？

多年前和我们在这里吃过西餐的。"

"当然记得。"简宁脸色微微一变。当时有个项目，创先集团和顾总的公司有合作，当时简宁、东屏和顾总经常见面。"我们在这里还喝过啤酒呢，顾总就喜欢这里的黑啤。"

"我记得顾总当时喝醉了对我说，要是人生有个5000万就可以退休了，每天都可以过得很滋润。"

简宁觉得东屏是故意提到这个话题的。东屏没有看简宁，"我当时觉得，好大一笔数目的钱，当然可以退休了。不过现在看看，也就过了短短的十年不到，如果有5000万，你会退休吗？"

简宁摇了摇头。"这年头，钱不断贬值是必然的。现在的5000万，十年后也许就等于500万了。如果没有学会掌控财富的能力，就算一时暴发，不久也会被打回原形。"如果一个人要短时间有钱，那是可以靠机缘运气的，比如正好某个行业有大的发展、或者继承、拆迁、中彩票等等。但是，如果想要一直保持在财富的前沿，则完全要靠自身的实力，再加上一点点运气。简宁从业多年，看过太多太多从富有到一无所有的事例了。

"对，我们有这个掌控财富的能力，但我们原始资金不够啊！"东屏说道。简宁有些沉默，赵先在他认识的中国老板中还算大方的。但是和东屏人生想要有一幢楼的理想比，显然还离得很远很远。

"你不是要用房产证打扑克吗？现在还差多少张？"东屏向简宁开玩笑地问。

简宁没有回答也不想回答，越来越觉得东屏是在试探他，于是转移了话题，"顾总的那些房子留到现在，远远不止5000万了。但是结果呢？他不也被抓进去了，财产也都被没收了。"简宁提醒东屏，"君子爱财，取之有道！"

"这个自然。但是在合法的情况下，人生能有几回搏啊！"东屏说道。

简宁心念一动，"莫东岩签合同的那家上市公司，你知道了？"

东屏摇了摇头，"知道我还不马上告诉你？不过就算知道提前进场，我们也进不了多少钱。目前这种情况下，翻一倍最多了。"

"我不喜欢别人和我绕弯子。"简宁明确说道。

东屏转过身，看着简宁，"我还没有想清楚。但是一旦我想清楚，兄弟你一定要跟着我一起干，有财大家一起发！"

（十）
比　赛

　　欣鱼千叮咛、万嘱咐，晚上会有疯人游戏的比赛，要简宁一定来看，所以简宁推掉了一个饭局，早早地回了家。到家的时候，简宁惊讶地看到欣鱼穿着一身金色的晚礼服，正在给自己画眼线。简宁还注意到，欣鱼的发型也刚刚做过，烫成了大波浪卷，越发显得有女人味了。"这个比赛这么重要吗？"简宁有些好奇了，"今晚打扮得像皇后啊。"

　　"当然，你不知道，输了很丢人的。"欣鱼头也没抬，开始画眼影。

　　"好吧，我的皇后陛下，你的美丽已经亮瞎了我的狗眼。"简宁嘴上抹蜜。

　　"那你是我的小太监咯，"欣鱼继续化妆，"来，给本宫拿杯水来。"

　　"你错了，我是你的魔镜，给你拿个苹果倒是可以。"简宁哈哈大笑。

　　等简宁上了线，就看到 PM 网站的首页浮动着一个巨大的标题：第 11 届疯人游戏大赛于今晚 8 点准时开幕。标题下面是参赛的各个主播的巨幅照片。只要点击标题，便可进入疯人游戏的直播间。简宁看到，欣鱼的照片放在了第三场比赛标志的下面。

"疯人游戏是怎么比的啊？"简宁在 QQ 上问欣鱼。

欣鱼显的很焦躁，回了句，"我把你拉进我的粉丝群，你问他们。"然后就把简宁加到了自己的 QQ 粉丝群中。南少、北少都在粉丝群里，正在热火朝天地讨论即将开始的比赛。

看着他们的讨论，简宁对疯人游戏有了个大致的了解。简单地说，疯人游戏就是一个一对一对战比赛，由两个主播上视频 PK 台。每个主播各唱一首歌，然后由各自的粉丝们刷礼物。哪一方刷的礼物金额高，哪一方就胜出。

靠，这不就是斗富大赛吗？简宁突然想到个历史人物石崇。在中国的西晋有个超级土豪，名叫石崇，以生活奢侈浪费出名。他和当时的一个皇亲国戚王恺两个人，互相比斗谁更奢靡。王恺用糖水洗锅子，石崇就用蜡烛当柴烧；王恺用赤石脂涂墙壁，石崇便用花椒涂。王恺有一次得到了一个二尺多高的珊瑚树，枝干茂盛，非常得意，拿给石崇看。石崇简单地瞄了一眼，拿了把铁尺随手敲了下去，珊瑚树立刻碎了。王恺非常愤怒，认为石崇是嫉妒自己。结果石崇说，"有什么好生气的，我赔你一个不就完了。"然后把自己家里的珊瑚树拿出来给王恺挑。王恺一看，这些珊瑚树都高达三、四尺，个个光彩夺目，比王恺的那个要耀眼得多。王恺知道自己和石崇相比，差距太大，便失意而回。

石崇最后因得罪权贵而死。后人还流传着这样一个故事,石崇有个姬妾名叫绿珠,绝艳姿容世间罕见,传说见过她的人都会失魂落魄,可见其美闻天下。而且据说她能歌善舞又善解人意,因此深得石崇的宠爱。石崇在朝廷的靠山倒台以后,新当权的重臣派人来索要绿珠,石崇便从其婢妾中选出数十个人让使者随便挑选。使者看了后说,"虽然这些婢妾个个美艳无双,但是我奉命来带走绿珠,不知道是哪一个?"石崇听了后很生气:"绿珠是我毕生所爱,怎么可以被你带走?"使者听后只能快快而回。

重臣知道后,便捏造了个罪名判了石崇死罪。石崇临死前对绿珠说,"我因你而获罪。"绿珠听了后马上说,"当效死于君前",便突然跳楼而死了。唐代诗人杜牧的"繁华事散逐香尘,流水无情草自春。日暮东风怨啼鸟,落花犹似坠楼人"说的就是这个故事。

自古到今,不爱江山爱美人的君王有不少,为美人倾家荡产落魄而亡的富豪更多,但是真正可以"效死于君前"的绿珠能有几个呢?简宁暗自想道。

"对手是谁?强不强?"简宁在 QQ 粉丝群里问道。

"嗯,是号称'无敌美少女'的井甜,很牛的一个女人。她参加过两次疯人游戏的比赛,尚未有败绩。"北少回答道。

群里一阵沉默。"尽力而为吧!"南少打字道。

很快比赛就开始了。第一场是由一个 18 岁的学生妹"糖果"对战 PM 平台总排名第 6 的人气主播"洛芙蕾雅"。原来,进入疯人游戏的直播间后,视频画面是一分为二的,玩家可以同时看到两个主播。同时,疯人游戏还有一个连着麦克风,能听到声音但看不到的主持人是 PM 公司的客服人员,绰号叫"龙哥",负责掌握比赛的进程并调节比赛气氛。

简宁看了一会儿两人的唱歌,洛芙蕾雅比糖果要好太多,相貌也要比糖果好许多。而且两个人的粉丝数量和粉丝级别也差太多。这个没法比,不过一会儿,糖果就败下阵来。

这时候,简宁突然看到电脑画面上滚动打出一个巨幅公告:

"糖果在疯人游戏中被洛芙蕾雅完败,接受暂停直播一周的惩罚!"

靠,这个还全平台公告,也等于是所有在线的玩家都可以看到比赛输赢结果,哪怕是没有看比赛的。对于主播来说,这是件很丢人的事情。怪不得欣鱼说不想输,简宁明白了。

然后电脑上继续打出全屏公告:

糖果粉丝 白展基 被 洛芙蕾雅粉丝 邪宝 二回合斩于马下

糖果粉丝 我就是国师 被 洛芙蕾雅粉丝 湖南大学高富帅 二回合斩于马下

糖果粉丝 最爱糖果 被 洛芙蕾雅粉丝 洛神赋 二回合斩于马下

糖果粉丝 愿得一人心 被 洛芙蕾雅粉丝 想发疯 二回合斩于马下

简宁明白了,如果输了,不仅仅是主播会受到惩罚,参加比赛刷礼物的粉丝，也会受到相应的全平台公告的处罚。那粉丝们还不拼命刷礼物？这真是个赚钱的好办法，简宁不由得佩服起贺天和他的团队来。

第二场简宁没有看，而是去了欣鱼的直播间。视频里欣鱼的表情非常紧张，一直没有说话，而是在打字聊天。简宁看了下右边的玩家名单列表，发现东屏也在。简宁便私聊他："刚才第一场比赛看了么？"

"没，我刚上线，好看么？"

"挺刺激的，就是个坑礼物的比赛，估计今天五场比赛结束后，PM 公司可以赚不少。"

"嗯，人都是喜欢争强好胜的，没办法，动物天性嘛！不过主播也应该赚不少吧？听说欣鱼要比第三场？"

"是的，一会儿一起去看？"

"OK！"

第二场比的时间比第一场要长。四十分钟后，简宁又看到电脑页面上出现了巨幅公告：

"阿水 在疯人游戏中 被 哈妮妮 完败，接受暂停直播一周的惩罚！"

接下去又是粉丝战况的公告：

阿水粉丝 水美人 被 哈妮妮粉丝 习惯有妮 四回合斩于马下

阿水粉丝 黄河之水天上来 被 哈妮妮粉丝 习惯有妮 四回合斩于马下

阿水粉丝 水中望月 被 哈妮妮粉丝 习惯有妮 四回合斩

于马下

阿水粉丝 纯净水 被 哈妮妮粉丝 习惯有妮 四回合斩于马下

阿水粉丝 洪水泛滥 被 哈妮妮粉丝 习惯有妮 四回合斩于马下

简宁注意到,阿水的粉丝名字里都有个"水"字,但是为什么哈妮妮的粉丝名字都叫"习惯有妮"呢? 简宁很是奇怪。

"那是一个超级土豪,刚才我看了,习惯有妮一人之力单挑了阿水的全部粉丝。"北少在 QQ 粉丝群里说道。那他一个人要刷多少礼物啊,简宁有些咋舌了。

"别说了,我要进场了,官方已经让我连视频了,你们也都快进来。"欣鱼催促道。

一进直播间,简宁就听到一个浑厚的声音在吼道:"ladys and gentlemen,让我们用热烈的表情来欢迎第三场比赛的两位选手,超级无敌美少女井甜和火辣的性感美人月光女神。刚才的比赛大家一定意犹未尽吧,我们的习惯爷用其无敌的勇气和实力,一个人战胜了对手的全部粉丝,这是多么伟大的创举啊。那么第三场比赛能够给我们怎么样的惊喜呢? 请大家拭目以待!"

这应该是主持人龙哥,一听就是个专业主持。视频下方的聊天栏,观看比赛的玩家纷纷打出了微笑、鼓掌、给力的表情图标。井甜和欣鱼均已连接视频成功,分别坐在画面上方的两侧。两人的下方各有一个空白区域,那是给准备刷比赛礼物的粉丝安排的。凡是想给支持主播刷礼物的粉丝，都可以点击那里，这样自己的名字会从最右边的观看比赛的玩家列表中转移到这个专属粉丝席位区域里。

井甜是一个长相十分清秀的女孩，感觉也是 20 岁上下，有一头乌黑亮丽的直发，眉清目秀，嘴角挂着甜甜的微笑，和欣鱼完全是两个类型。这是场清纯对战性感的比赛，简宁第一眼的感觉。

这时候，井甜的粉丝们纷纷点击入住了专属粉丝席位区。他们都有一个非常统一的前缀名：井衣卫。井衣卫·龙隐；井衣卫·毛毛；井衣卫·思念；井衣卫·落叶；井衣卫·天堂；井衣卫·甜野……一眼看去，非常整齐，真是有气势啊！再一看级别，为首的是井衣卫·龙隐，级别是国王，总消费是超过 70 万人民币的玩家，其余都是国公、太傅之类的，简宁顿时觉得胜利无望了。

井甜则在不断和她的粉丝打招呼："欢迎我的小伙伴们今天能够来到比赛房间支持井甜，欢迎龙哥，欢迎毛毛，啊呀思念你也来了，我好意外哦……"井甜的咬字非常清楚，感觉是播音系出身的。

欣鱼则没说话，只是朝着镜头挥了挥手，嘴角挤出一丝微笑。简宁一看，欣鱼这边的专属粉丝席位区明显人少许多，除了南少和北少，另外稀稀拉拉坐着饭团和另外两个人。简宁心想，我这个没充钱的 0 级粉丝，还是不要上去了吧。

"还有一些小伙伴们，虽然坐在观众席，但是我知道你们心里是支持我的。"井甜继续说，"输赢不重要，大家玩得开心就好。"正说着，井甜的专属粉丝席位区又多了两个井衣卫。

"井甜你不要谦虚了。我们都知道,井甜参加过两次疯人游戏大赛,还从未尝过败绩。而坐在右边的欣鱼,则是第一次参加疯人游戏大赛。今天的结果很让人期待啊,是井甜延续不败的神话呢,还是欣鱼一鸣惊人呢,大家一定不要走开!"

时间指向晚上 9 点,疯人游戏的直播间涌入的玩家越来越多,简宁一看人数列表已经超过了四万人。看来这个游戏还真是比较容易聚集人气啊。只看到聊天栏里井衣卫们拼命在为自己的主播鼓劲,"井甜最棒!""井甜加油!"还有各种加油的表情图标不断显现。

要输也不能输气势,简宁想到,于是马上打了一句:"月光女神一定赢!"东屏看到了,也跟了一句:"踩死井甜!"

这句话一出来,立刻引发了一场骂战,什么难听的话都有。"你故意的对吧?!"简宁向东屏私聊。东屏回了"嘿嘿"两字。这个人,就是喜欢煽风点火、惹是生非,简宁想道。

"大家不要对骂啊,我们要靠比赛来定输赢。疯人游戏是个文明的游戏,一会儿大家用礼物来回击对方啊!"见越吵越凶,龙哥出来制止了。"好了,比赛马上开始了。首先由我们的美少女井甜出场。"

井甜笑了笑,清了清嗓子,"下面,我要给我的小伙伴们带来一首现在最红的歌,大家知道是什么歌吗?"

井衣卫们很整齐地在下面打出了"小苹果"三个字。看来是事先排练好的,真有一套。不过,这首歌我耳朵都听出老茧来了,简宁叹了口气。

井甜一开口，简宁便感到有一只乌鸦从脑袋上飞过，这水平好像还不如我。虽然井甜咬字很清晰，但是音准不到位，基本从头到尾都是在一个调调上。但是这依然不影响她粉丝的热情，鼓掌叫好的图标不断在聊天栏里出现。当井甜唱到"火火火火"的时候，井衣卫们又非常整齐地打出了"火火火火"的字样。简宁真想一口盐汽水喷死他们。

　　唱完以后，井甜微笑道，"谢谢大家的鼓励，井甜今天已经尽力了，希望大家多多支持，给井甜将来一点进步的动力。"

　　"嗯，井甜的歌声进步很大，这是我在三次比赛里听到最好的一次。井衣卫们，你们应该怎么表示啊？"

　　这时候，突然一架飞机从画面上飘过，"井衣卫、毛毛 送给 井甜 1 架飞机"。看来井衣卫们已经憋不住了，龙哥马上制止："大家现在不要刷礼物，现在刷不算比赛成绩的，大家要听指挥，一会儿有的是你们刷礼物的时间。"

　　欣鱼面无表情地看着镜头。相对于井衣卫们的热火朝天，欣鱼的粉丝们显得安静得多。"下面是我们这次比赛的新人月光女神出场，她会给我们带来什么样的惊喜呢？"

　　欣鱼调整了一下话筒，低沉地说道："谢谢大家，谢谢龙哥。我想安安静静地唱首歌给大家听，希望大家能够喜欢。带来一首邓紫棋的《泡沫》。"

　　聊天栏里面一下子安静了下来。《泡沫》的前奏响起，欣鱼深深地吸了口气，低垂双眼，面带忧伤："阳光下的泡沫，是彩色的，就像被骗的我，是幸福的……"

简宁静静地看着画面中的欣鱼,情不自禁地跟着哼了起来。忘情演唱着的欣鱼紧闭着双眼,仿佛沉醉在歌词的意境中,流露着一种女人特别妩媚的光彩。她或许也是受过伤害的女人吧,简宁的思绪有些飘逸,突然想起许多年以前,曾对一个女人说过的一段话:无所谓什么坚强、无所谓什么悲伤,这个世界谁也不是谁的谁。但如果可以,能否借我三寸月光,照亮那一点点爱你的地方。

聊天栏里显得异常安静,井衣卫们也都不说话了,似乎大家都陶醉在欣鱼的歌声里。等到欣鱼唱完,聊天栏里一下子爆发出许多鼓掌的表情图案,东屏也跟着起哄,"歌后歌后,去参加好声音!"

等到大家的鼓掌发了一段时间以后,龙哥发话了:"啊,实在是太好听了,我也不想让她唱完。如果可以,我真希望月光女神可以为大家再唱一首。不过没关系,以后大家可以到月光女神的直播间去听她唱歌。今天这个第三场比赛的结果,看来很难预料啊,喜欢月光女神的朋友,可以坐到月光女神的专属粉丝座位上支持月光女神。"

果然,在龙哥的带动下,简宁看到有两个玩家从观众席列表中转移到了欣鱼专属粉丝席位区,其中一个级别还是"亲王"。这两个都是新粉丝,以前没有到欣鱼的直播间来过。估计是听了欣鱼的歌声后,临时决定下场帮忙的。也许有机会逆转,简宁想道。

"好了,两首歌已经听完。井甜和月光女神的粉丝们,现在是展现你们对主播的爱的时候了。准备好礼物了吗?让主播感到你们浓浓的爱意吧！下面听好我的安排，不要乱刷，乱刷的不算。首先从井甜的井衣卫们开始，月光女神的粉丝们请等一等，以方便我们的工作人员计算金额。好，第三场粉丝爱心大战正式开始。"

话音未落，一座火山径直爆发出来。"井衣卫、龙隐 送给井甜 1 座爱的火山"，随即滚屏中出现了这样的字样。"龙隐大爷威武霸气，出手就是 1000 块！"龙哥声嘶力竭的喊声让简宁震耳欲聋。

胜　负

　　火山过后，便是各种飞机、跑车、航母的动画。滚屏上不断飘过字幕："井衣卫、毛毛 送给 井甜 5 个飞机""井衣卫、落叶 送给 井甜 5 部法拉利"……每出现一个动画，龙哥便大声把送礼物的粉丝的名字和礼物数量报了出来。简宁的脑海里不由自主地出现了银行客服人员用点钞机数钱的画面。

　　参加比赛的主播，照样是可以从收到的礼物中提成的，大约有 40% 左右。来钱真是快啊，比坐在陆家嘴、静安寺等核心商区高档写字楼里衣冠楚楚的白领快得多，简宁想道。想想这其中很多人，都是寒窗苦读十二载，千军万马过独木桥，好不容易才从竞争激烈的各省市考上了上海的名牌大学。大学拼搏了四年以后，再凭借优异的成绩留在上海并进入著名跨国公司，有一份可以养活自己的工作。如果给他们看到这些主播靠着脸蛋唱唱歌、说说话就可以有和他们一样，甚至超过许多的收入，不知道会产生什么样的心态。

一番热闹过后,龙哥看看差不多了,便算了一下,说:"现在井衣卫们已经刷了价值2800元的礼物了,有谁能补到3000么? 只差200了,只差200了。来,哪一位井衣卫能够出来贡献一下的。"

　　"200就两个飞机嘛。""龙隐哥来飞个跑道。"观众席里起哄的不少。"龙隐哥让我来吧。"简宁看到一个叫井衣卫、甜野的打字道。坐在专属粉丝席位区的井衣卫里面,他的等级最低,只有8级,这个时候想表现一下。井衣卫、龙隐打了一个"OK"的字样。井衣卫、甜野很高兴地点出了两架飞机。简宁看出来了,井衣卫、龙隐是对方粉丝团的老大。

　　"好了,井衣卫们贡献了3000元的爱心了。来,请工作人员在井甜的画面下方标注3000的数字。当然这只是第一个回合,我们相信井衣卫们绝对不止这一点点实力。但是,请井衣卫们忍一忍,月光女神的粉丝们已经Hold不住了吧。下面就让我们把时间交给他们。礼物走起! "龙哥大声喊道。

　　欣鱼的QQ粉丝群不断在跳动,简宁点开一看,原来南少北少在商量怎么给礼物。讨论了一会儿,南少和北少两个人决定各先出2000元,然后其他的粉丝凑1000元。欣鱼以前一直说,土豪们喜欢扎堆跑,简宁有点明白了,遇到这种情况,一般都是大家商量着来出手。除非是像第二场比赛的超级土豪"习惯有妮"那样有惊人的实力,否则任何一个人都挡不住对方的群狼战术。

　　正说着呢,简宁听到耳机里传来龙哥的吼叫声,"哇,也是出手就是爱的火山,月光女神的粉丝也不甘落后啊! "简宁又切换到比赛直播间的页面，原来是新加入专属粉丝区的亲王级别的玩家送出的礼物。"我就意思意思，后面靠你们自己了！"那个玩家打字道。

"谢谢，已经非常好了！真是没想到，以后要常常来看我哦！"欣鱼对那个玩家说道。

"一定一定，"亲王又打出了几个奸笑的表情。

也许是让新粉丝先出手有点不好意思，作为欣鱼的两大守护南少北少赶忙扔出各种礼物。也许是送的礼物过猛，而简宁的电脑又有些陈旧，结果居然把简宁的页面给卡死了。天意吧，简宁觉得自己没办法看下去这种斗富刷钱的游戏了，于是便去洗澡了。

洗完澡后，简宁又上线进了疯人游戏的房间，比赛还在继续，已经到了白热化的程度。这时候，井甜下方的数字已经标注到了 30000，而欣鱼下方的数字只有 16000。转眼间双方已经刷了 46000 元了，简宁非常意外。

"太刺激了，我快忍不住了。"东屏私聊过来，"你刚去哪里了？"

"肚子疼。"简宁随手回道。

"我以前还觉得，这种游戏怎么会有人刷那么多钱，还不如去夜总会，现在终于深刻体会了。"东屏继续私聊简宁。

简宁没有回答。欣鱼的表情很不自然，眼眶红红的，看上去有些像要哭出来的样子。只听到龙哥的声音在耳机中回荡："月光女神的粉丝们还行不行？不行就说一声。井衣卫们快要等不急了。"

井衣卫们还火上添油，"不行就算了吧，下次再来。""放弃吧！""井甜最棒，刚才那个要踩死的蟑螂到哪里去了……"有人还记得刚才东屏挑衅的话。

简宁不知为何，突然觉得自己的气血翻涌，一股无名怒火从心底烧了起来。就看到欣鱼用手开始不断轻抹眼角，似乎是不想让自己的眼泪流出来。欣鱼的 QQ 粉丝群里，南少和北少还在商量，而饭团正在一个劲地劝大家不要意气用事。欣鱼一定很难过吧，太欺负人了，简宁热血沸腾，从抽屉里拿出了 U 盾，开始充值。

龙哥则继续挑逗着欣鱼的粉丝们："这样吧，再等十分钟。十分钟内，如果月光女神的礼物不能超过井甜的，那我们只能判罚月光女神败北了。这样吧，我来给月光女神的粉丝们来首歌，《像男人一样去战斗》。"

音乐响起，是一首节奏非常快、非常振奋人心的歌曲，"看前方风起云涌，热血已开始沸腾，撕裂那昨日的伤口，欲望蠢蠢欲动……"但在简宁的耳朵里，却翻来覆去只听到一句歌词"像男人一样去战斗、战斗、直到生命的尽头""像男人一样去战斗、战斗、直到生命的尽头"……然后，简宁点击了欣鱼的专属粉丝席位区的位子。

"哇！"龙哥立刻发现了，"0 级号，大家注意有一个没有充过一分钱的 0 级号'月老随便逛逛'进入了月光女神的专属粉丝区。一个 0 级号能改变命运吗？他是一个掩藏实力的土豪的小号吗？来吧，月老，像男人一样去战斗，让井衣卫们看看你的实力！"

简宁面无表情,打开豪华礼物栏,看到有个火山的标志便点了下去。又一座火山的动画在电脑画面中爆发出来。"爱的火山,如同火山爆发般的爱恋,月老随便逛逛,果然又一个低调隐藏的土豪要爆发了。"龙哥兴奋地说。"来,工作人员,给月光女神加上 1000 元!"

　　"你疯啦!叫你不要充值的!"欣鱼一条 QQ 短信私聊过来。

　　"不用管我!"简宁回了一条过去。月老随便逛逛的等级瞬间达到了 3 级。

　　"你傻啊,对方的粉丝里有托的,PM 公司的工作人员在里面,是坑钱的,我们肯定赢不了的。"欣鱼又是一条 QQ 短信。

　　简宁非常惊讶,如同被泼了一身凉水,清醒过来。简宁立刻明白了,井甜的粉丝里是有 PM 公司安排的"托",作用主要是刺激双方进行消费。"你知道赢不了还比?"

　　"我不也是赚钱吗?"

　　简宁感到背上一阵发凉,有一种被耍了的感觉。"我看你都快哭了?!"

　　"装的!"

　　欣鱼这两个字彻底击垮了简宁,简宁感觉突然被抽去了全部力气,向后摊倒在座椅上。这时候,简宁看到一个贝勒号"沧海枭雄"也进入了欣鱼的专属粉丝席位区。是东屏!估计他也是被人家骂蟑螂给气的。

　　"哪个混蛋骂我蟑螂的,老子让你看看实力!"简宁还来不及阻止东屏,就听到耳机中出现了进攻的号角声,然后是一排排战斗部队向前冲锋的动画出现在屏幕上。"沧海枭雄 送给 月光女神 1 场阅兵典礼"聊天栏立刻出现了这样的字样。

"哇哦,阅兵典礼,2500 元! 很久很久没看到阅兵典礼了,这个礼物很少有人送的,今天所有看这场比赛的玩家们有福气了。这个阅兵典礼,不太受主播们的欢迎,所以很少能见到。"龙哥的声音里有掩饰不住的得意。

"别再送了!"简宁赶快给东屏发私聊过去。

"没事,这点钱对咱哥俩不算什么!"东屏对于龙哥刚才的赞叹显然是非常高兴。

"有托,罢手!"对付东屏,越简单的词越有效,简宁深知这一点。

过了一会儿,东屏回复了"……"之后,再也没做声。

看到简宁和东屏刷了两个礼物后就消停了,龙哥显然是很失望:"就这么结束了? 直播间超过五万的观众看着呢! 月老随便逛逛、沧海枭雄你们现在是月光女神的主力英雄,她正等着你们去拯救啊! 还有南少北少两位少侠呢,你们几位的实力加起来不会比井衣卫们差的啊!"

简宁不想说话,点开欣鱼的 QQ 粉丝群。欣鱼的 QQ 粉丝群里已经没人说话了,貌似快放弃了。输了就输了吧,还好只有 1000 元,简宁安慰自己。但这时候,就听到龙哥的声音又高亢起来:"慢,有人说慢。现在还在看直播的观众朋友们,告诉你们一个令人振奋的消息,刚才南少私聊我说

'慢'！来，让我们为南哥的勇气加油鼓劲吧！"

话音未了，一排排飞机不断出现在电脑画面上：

"南少非月光不娶 送给 月光女神5架飞机"

"南少非月光不娶 送给 月光女神5架飞机"

"南少非月光不娶 送给 月光女神5架飞机"

"南少非月光不娶 送给 月光女神5架飞机"

……

"这是多么壮观的用飞机刷屏的节奏啊！我们的南少南大爷，月光女神是南少可以用生命去守护的女神，这才是爱，这才是真爱！"

就这样大概刷了一分钟的飞机之后，画面中又出现了爱的火山。"北少挚爱月光 送给 月光女神2座爱的火山。"也许是看到南少的奋不顾身以后，北少觉得不好意思了，补了2000元。

等北少和南少刷完，龙哥开始统计礼物金额，"16000元！加上刚才月光女神的16000元，现在月光女神的礼物总金额达到了32000元，反超了井甜2000元。工作人员请把数字给月光女神加上去。很好！月光女神的粉丝还有继续的吗？月老随便逛逛和沧海枭雄你们不再表示一下了吗？如果没有，那么第五回合要开始了！"

井甜的表情依旧是很随意，仿佛事不关己，随便抚摸了一下自己的头发，笑着说，"小伙伴们不要太勉强，尽力就好，一会儿回家井甜给你们唱歌。"井甜这么从容，也许是知道自己肯定能赢。简宁努力让自己冷静下来，毕竟创先集团有可能入股 PM 公司,这么坑钱也是对集团有利的事情,不要意气用事。

果不其然,过了几分钟,井衣卫们又补了差不多价值5000 元的礼物。这下子,又变成井甜 35000 元对月光女神32000 元,领先了 3000 元。简宁意识到了,这次对方是故意的,故意领先欣鱼的金额不多,让欣鱼的粉丝来追。

不过显然欣鱼的土豪们都意识到了这点。QQ 粉丝群中,南少打出了"举白旗"的图样,北少也说"算了,没必要继续怄气!"饭团则一个劲地安慰欣鱼:"大家都觉得你比她漂亮,歌唱得比她好,井衣卫们都没什么眼光的。"简宁觉得实在好笑,输赢对主播其实无所谓的,今晚欣鱼自己的个人进账要超过 12000 元人民币了,输了也应该不会太难过。

想到这里,简宁想关机下线了,他实在不想看到自己被别人"斩于马下"的字样在屏幕上飘过。正在此时,有个玩家突然坐进了欣鱼的专属粉丝区内:"开路先锋"。简宁心里咯噔一下,又是第一次看到开路先锋出现时那种不舒服的感觉。也许会有奇迹,简宁突然有这种预感。

果然,一阵悠扬的古典音乐从耳机中飘出,画面中出现了一个穿着红色长裙的女孩,随着音乐开始起舞。背景则出现了一片春意盎然的绿色,一副用毛笔书写的中国古代诗词一个字一个字地显示了出来:"春眠不觉晓,处处闻啼鸟。夜来风雨声,花落知多少。"

随后,画面背景又变成了红色的炎炎夏日,红衣女孩仍旧在跳舞,又一首描写夏天景色的中国古代诗词显现出来:

"泉眼无声惜细流,树阴照水爱晴柔。小荷才露尖尖角,早有蜻蜓立上头。"

随着女孩舞蹈的旋转,背景又变成了深黄色的秋天,"远上寒山石径斜,白云深处有人家。停车坐爱枫林晚,霜叶红于二月花。"

看到这里,简宁明白了这个动画是关于四季的。果然,背景又变成了白雪皑皑的冬日,"千山鸟飞绝,万径人踪灭。孤舟蓑笠翁,独钓寒江雪。"

整个动画时间很长,大约有一分钟不到。这个是什么礼物? 一行醒目的大字在滚屏中飘过:"开路先锋 送给 月光女神 1 个万物生"。这就是万物生,PM 平台最贵的礼物。就这么一点,一万元就没有了,简宁震惊了,居然还真有人送。

疯人游戏比赛的直播间疯狂了。不断地有新的玩家涌入,简宁看到玩家列表的人数已经达到了 10 万人。"刚才提前离开的玩家一定很后悔。最精彩的往往留在最后。我们的开路爷,一个只有 8 级的号,哦,不对,现在已经是知府大人了,让我们大家开眼了什么才是万物生。来,希望所有的观众能给开路爷再一次的掌声。"

聊天栏已经被起哄的玩家几乎刷爆掉,简宁都来不及看他们在说些什么。中国的有钱人藏龙卧虎,完全都不能想象。东屏同时也私聊了一句过来:"看到没,真人不露相啊。"

两人正感慨着,那首悠扬的古典音乐再次响起。同一个红色衣服的女孩再次出现。什么?!"开路先锋 送给 月光女神 1 个万物生",这行醒目的大字又在全平台公告了。简宁有点想骂娘了,这是多有钱的人啊!两万元,很多三四线城市普通人一年的收入了!

龙哥的声音已经是撕心裂肺了:"又一个,又一个万物生!开路爷,你是光、你是电、你是美丽的神话,你就是我的SUPER STAR!我爱你一万年,不,一亿年!"

观战的玩家数量继续不断飙升,简宁看到PM平台排名第一的主播小雨露,和排名第一的玩家雨露保护团–小明也出现在观战的玩家列表中了。其余排名前十的主播和消费排名前十的玩家,也基本到齐了。一个万物生不可怕,连续两个,这不是一般人可以做得到的!

欣鱼的表情非常错愕,有点不知所以然。她用手捂住自己的嘴,显然不能相信自己的眼睛。而井甜则一脸惨淡,抿着嘴,在不停地打字。

过了一会儿,只听龙哥长吸一口气:"直播间里所有的朋友,胜负结果已经揭晓。我们的井甜主播,刚才很有风度地放弃了继续比赛。那么,第三场的胜者,就是我们的新人王月光女神,还有这位连续两个万物生轰动全平台的开路先锋!"

就算有托也不能做得太过分,简宁心里明白,托是刺激消费而不是消灭玩家的,因此在特殊情况下,也应当让玩家胜出。但鬼知道这个开路先锋会不会也是托呢?简宁有些怀疑。

东屏则很起劲地在聊天栏里打字:"蟑螂赢了,比蟑螂还不如啊!"这家伙,在网上就无所顾忌了。欣鱼的QQ粉丝群里也是一片欢腾,饭团说他看到两个万物生都感动得流下了眼泪。南少和北少则在追问欣鱼,这个开路先锋到底认识不认识。

而井甜则带着井衣卫们,和观战的其他玩家们友好地打着招呼,然后有序地离开了直播间。果然是超冠大主播,虽然年纪小,但气度非凡啊。以她目前的年龄和人生经验,将来必定前途无量。简宁突然觉得,90后们并不可以小视,时代的进步在加速,再用不了多少年就是他们的天下了。

"谢谢你!"欣鱼一条私信从QQ上传了过来。

"谢我什么?"

"谢你送了我礼物啊,你当时如果不送,我估计南少和北少就要放弃了!"

"嗯,不过我也要谢谢你。"简宁回复道。

"我有什么好谢的?"

简宁想了想,"当时落后很多,如果你不制止我,也许一冲动,我也出手万物生了。"

"……别傻了,我不想坑你,你送我万物生,我就把钱给你!"

（十二）
寂 寞

当晚半夜，简宁做起了恶梦。在梦中，简宁坐在沙发上看电视，电视中出现了一个穿着红色衣服的女孩，开始跟着音乐转圈跳舞。红衣女孩越转越快，也越转越接近，竟然从电视机中转了出来，转到简宁跟前。然后，女孩突然之间停了下来，一下子把脸凑在了简宁面前。简宁一看，居然是欣鱼，只是欣鱼脸上都是刀疤，神情恐怖。简宁一下子醒了过来，感到背上冷汗直流。黑暗中，简宁用手摸到了放在床头柜上的手机，点开一看，时间是半夜三点钟。但简宁感到自己无论如何也是睡不着了，满脑子都是疯人游戏时候的情景。

为了转移注意，简宁点开了微信朋友圈，想看看有没有更新的内容。结果惊讶地发现，温蒂在五分钟前刚放了一张新的图片。图片是一个穿着红色长裙的女子俯卧在草地上，裙子的后面撕裂开来，露出女孩光洁的后背。女孩的左手紧紧抱住自己的头，右手瘫软地垂在草地上，整个画面显得很无助。

又是红衣女子，简宁心里有点发毛，想起了梦中发生的事情。温蒂给图片配了一句诗词："长夜孤灯风扰梦，花自飘零黯自伤。"红衣女子的寂寞空虚，跃然词中。

简宁想了想，在图片后面回复道："已惯天涯惆怅处，此去经年人断肠。"

过了一会儿，简宁看到温蒂又在图片下面配了八个字："一线纸鸢、一世情缘。"简宁又跟帖："半缕青丝、半生旧梦。"

看到简宁的回复，温蒂发来一条消息："呵呵，他们有人对'一见钟情，一生难忘'的。"

简宁摇了摇头，回了一条微信过去："一见钟情怎么可以对一线纸鸢？而且都是'一'，不太合适吧？怎么这么晚没睡？睡不着吗？"

"嗯，晚上喝了点咖啡，清醒到现在了。你怎么也没睡？"

"刚醒呢，我睡眠浅。对了，我们的事情，你和家里人怎么说的啊？"简宁问道。

"相貌堂堂、人品端正、性格温和，你看我把你的广告做得好吗？"简宁看到温蒂这么说，心里有一丝得意。"你这可是虚假广告啊！"

"嗯，反正让老人家高兴就行。不过真的谢谢你，伯母好像和媒人也联系了，说你把我夸得像天仙一样。"

"那一定是我妈妈添油加醋了。这种事情，他们比我急！"简宁觉得打字比较麻烦，开始用微信语音了。

温蒂听了以后，也开始用语音回复："嗯，我爸妈也是，一直说女孩子结婚养小孩不能太晚,还说要在他们退休前帮我办掉,退了休就帮忙带小孩。不过现在结婚都晚的,我朋友里面 30 多岁还没结婚的女孩子还是很多。"

"上海这种大城市是晚的。香港不是更晚?但据我所知,很多农村里十七八岁就办酒水结婚的大有人在。"

"是的呀,其实我觉得男人过了 35 岁再结婚也没什么关系!"温蒂说道,"成熟点的男人会比较顾家!"

"哈哈,那只是你们女孩子一厢情愿的想法吧!"简宁不以为然。简宁始终觉得,人的本性是很难改变的,无非是随着年龄的增长更会隐藏罢了。简宁一看时间,差不多已经快凌晨四点了,心想温蒂到现在还没睡过,便回了条:"你累不累,到现在不睡?"

"还好,我在香港读书的时候,也睡得晚!"

"嗯,还是早点休息吧,对皮肤好。"一般要说服一个女人,从美容的角度比从其他利弊的角度更容易。

"知道啦,怎么搞得真像我男朋友一样,哈哈!"温蒂回复了一条语音过来。

这不有事要求你帮忙嘛,简宁想了想,觉得铺垫得差不多了,于是试探地问了句:"今天有时间么,一起吃个晚饭?"

大约等了十分钟,简宁正想着不回就算了的时候,温蒂发了条语音过来:"行,地方你定,我可很能吃的哦!"

一清早迷迷糊糊中,简宁被闹钟叫醒。当他穿着宽大的 T 恤,眯着双眼,耷拉着脑袋,从卧室中走到客厅时,惊讶地看到餐桌上竟然准备着满满一桌早餐。有荷包蛋、火腿肠、面包、皮蛋瘦肉粥……显然有些是现做的,有些是从外面买回来的。自从简宁为了知道欣鱼的职业,免去欣鱼做早餐的任务之后,欣鱼每天便呼呼大睡到中午。今天太阳从西边出来了?

"哒哒哒哒,"欣鱼从厨房蹦了出来,身上带着做饭的围裙,样子特别搞笑,"怎么样,色香味俱全吧?"

简宁揉了揉惺忪的双眼,看了欣鱼一眼,"你说的是早餐还是你自己啊?色不错,香也不错,就是味我还没尝过。"

"那现在就给你尝尝,"欣鱼用叉子叉起一根火腿肠,送到简宁嘴边,做了一个调皮的表情:"来,吃啥补啥。"简宁笑了笑,顺势一口把火腿肠咬进嘴里,然后边嚼边说:"今天心情怎么这么好?"

"没什么,"欣鱼诡异地笑了笑,"想做就做了呗,我也要吃早饭的。"

"哈哈,今天我就不和你客气了,昨晚你赚了不少吧。"简宁一边说着,一边用勺子往碗里盛粥。

"嗯,应该过两万了,昨晚我的运营也非常高兴,他应该也可以提成不少?"

"运营?"简宁有些好奇。

"对,运营人员,相当于我们的经纪人。我们不会直接和PM公司接触的,中间都是靠运营的。"

"哦,"简宁明白了,"那么你们收到礼物,运营也可以提成,不过就是比例低对吧?"

"是的,具体我也不知道,他不说的,估计五个点左右吧。"

简宁心想,这个和我们调查的情况差不多。然后听到欣鱼说:"对了,你们公司买下 PM 公司以后,可不可以让我直接和公司签?我这个运营没什么用,就是最早把我拉到了这个平台,后来也不管我,就知道每天盯着我上线直播。"

"哦,这个我不知道可不可以,我问下。不过我们不是买下 PM 公司,只是入股,公司经营我们不参与的,"简宁解释道。

"应该可以的,据我所知很多大主播都跳过运营的,这样提成比例会高。而且有时候我周末出去玩,这个运营就总是给我发消息让我早点回去播,搞得我玩得也不开心。"

"你的运营是只管你一个主播,还是其他人也管?"

"他管的人蛮多的,只要是他介绍进 PM 平台的,他都管。"欣鱼解释道。

"那他从每个主播身上抽头的话,收入应该也很可观的啊?"简宁有些惊讶,"不过,我怎么觉得他像夜总会里的爸爸桑啊?"

欣鱼哈哈大笑起来,"是啊,是蛮像的,不过你啥意思啊,说我们是小姐咯?!"

简宁赶忙挥了挥手,"别想太多,我觉得这样一个平台的食物链研究一下蛮有意思的。了解平台每个环节上的每个人是怎么赚钱的,对于我们是否入股和如何入股 PM 公司,都是有用处的。"

"嗯,"欣鱼继续说,"其他的爸爸桑,还经常会把自己提成中的一部分刷礼物给主播,我这个爸爸桑抠门抠得要死!"

"那每个爸爸桑要管多少个主播啊？"简宁继续问道。

"一般也就是二十个到三十个吧，不过厉害的要管上百个，那是要开家族或者工会的。这种大的家族或者工会，也不会由一个人来管，族长或者会长也会找人帮忙管。反正我知道，好的爸爸桑，一年收入肯定是过百万的。"

简宁一边说一边在心算。确实，如果手下都是像欣鱼这个水准的主播的话，那根本不需要管理上百人，十几个就可以年收入过百万。不过这样说来，PM公司其实对主播的掌控力度比自己想象的要小。怪不得以前欣鱼说这种在线视频娱乐平台的主播经常跳槽，还有同时在几个平台上直播的情况。这个情况倒是可以作为与贺天商谈估值时的一个筹码，毕竟对手的弱点知道得越多，谈判的时候底气也越足。

"对了，你和你那个棒球妹怎么样了？"欣鱼给面包涂上黄油，头也不抬，把面包递给简宁。

"棒球妹？你说温蒂？"自从相亲那晚问过情况之后，欣鱼就一直没有再提到过温蒂。当然，简宁也从没告诉过欣鱼，温蒂其实有男朋友，两个人是假装谈恋爱的。

"还好啊。"简宁不知道该怎么说，看看上班的时间快到了，便把面包迅速塞到嘴里。

"还好是怎么样啊？你们算正式谈了咯？"欣鱼问道。

"不知道，今晚会一起吃个饭。"简宁起身，准备换衣服去上班。

欣鱼拦住简宁，两手一摊，手掌向上，伸到简宁面前，"来！"

上海不相信爱情（第一部）

"来什么？""付钱呗！""什么钱？""早饭钱，你还想吃霸王餐啊！""晕，你又没说。早知道不吃了！""天下没有白吃的早餐！"

简宁觉得无奈，女人变脸比翻书还快。"好吧，多少钱？"简宁问道。"一个爱的火山。""1000 元?！你这比切糕贵啊！""付不起啊，那下个月房租里我少付 1000。"

"不行！"简宁恶狠狠地说道。简宁喜欢做事情一是一，二是二，付房租是原则性问题，今天扣一点，明天扣一点，那过不了几个月难道我简宁还倒付你房租了？

欣鱼看着简宁认真的样子，扑哧一声笑了，"真是没幽默感！你昨天给了我个爱的火山，就和今天的早餐抵了吧。"然后欣鱼便转身收拾碗筷，去厨房了。

简宁看着欣鱼忙碌的身影，心头涌起一股莫名的暖意。

下午简宁正忙着，突然接到了东屏的电话，声音那端的东屏显得异常兴奋，估计也是看了昨晚疯人大赛的缘故。果不其然，东屏开口就是，"兄弟，昨晚太爽了，那个开路先锋实在牛啊，力挽狂澜，估计不是房地产老板就是煤老板！"

"不一定的，我看资料也是我们上海的，搞金融的也有可能。"

"嗯，后来我想过了，如果哪个主播和我搞对象的话，也许我也可能情急之下出手两个万物生。"这点简宁倒是同意。很多时候，消费多少和有没有钱没有关系，和消费观倒是有莫大的关系。上海有很有钱的人，每天还用着破旧的帆布包，同样也有着攒三个月工资非要买个名牌包的人。以东屏的收入条件，真的冲动了出手了两个万物生，最多被简宁笑话笑话，对他的生活是没有影响的。

"我有个好消息，你猜猜看？"东屏在电话那端故作神秘。

"猜不出，我这里好多事情，你就直说吧。"简宁没什么兴趣玩猜谜游戏，想想晚上要和温蒂吃饭，但手上还有好多工作没有结束。

"我和老板说了我们也注册在玩 PM 平台的事情。老板发话了，可以让集团帮我们每人报销两万元，用来了解 PM 平台的情况。"东屏得意洋洋。

"你小子，一定是软磨硬泡找了不少理由吧。"简宁知道，东屏一向会算计，这小子，肯定是打算用公司的钱泡妞。不过一想到自己也等于多了两万元费用预算出来，简宁也是很高兴的。

"没有，没有！"东屏在电话那端说道，"我和老板通电话说的时候，好像老板一点异议都没有，就直接同意了，但是要求我们把账号给李振亚备个案，用来确定消费金额。"

"那没什么问题！"简宁心想以自己和东屏这样的情况，也不至于拿集团的钱做别的事情。

"对了，你和你干女儿发展得怎么样了？"东屏问道。简宁的用户名叫做"月老随便逛逛"，而欣鱼叫做"月光女神"。"月老和月光女神不就是干爹和干女儿的关系么？"东屏有一次也是这样认为的，在此之后提到欣鱼，便说是简宁的干女儿。

"乱说啥，她是我房客。"

"孤男寡女共处一室,还用房东房客的名义掩饰,你当你玩卧底游戏啊?!"东屏显然不信,"就算是房客,变成包租婆的事情也是很多的。"

简宁实在没时间和东屏闲扯,又说了两句便挂断了电话。他想起来让新秘书刘瞳复印的资料,一直没有拿过来,心头又是一阵烦躁。但毕竟刘瞳是赵先介绍过来的,先忍几天吧,过几天找个理由和赵先商量一下,把她换到其他岗位。简宁一边想着,一边走出了办公室。

刘瞳的位子上没有人,估计还在复印间吧,简宁想道。但他注意到,刘瞳的电脑打开着,屏幕的界面上是开心网的开心农场。这女孩子,果然是没有头脑,上班玩游戏不说,离开也不知道把页面给关了。简宁摇了摇头,隐约觉得刘瞳可能家境不错,是被宠坏的独生子女吧。

这时候,刘瞳抱着一堆资料走了过来,"啊呀呀,陆总,不好意思,复印机刚才一直卡纸,我搞了半天才搞好!"

简宁强压住怒火,"以后这种事情让总务搞定就可以了,不用你去修,已经过了一个多小时了,这资料我等着用。"然后,简宁瞄了一眼刘瞳的电脑,正准备教育她上班别玩游戏,结果突然看到一个熟悉的头像。

在刘瞳开心农场下方的好友目录里,有一个好友的头像是一个霸气的保时捷的标志。简宁眉头一皱,不会是东屏吧。于是转过头问刘瞳,"环球金融办公室的许东屏许总最近来过吗?"

刘瞳一听这个名字,咧开嘴笑了,"前两天刚来过,当时你不在。不过他好有意思的一个人哦。"

　　简宁没有说话，转过身，连资料也没拿，便回了办公室。

（十三）
约 会

"整个城市是座繁华沙漠,到处盛开着妖艳的霓虹",走在迷离夜色中的南京路上,简宁的脑海里突然冒出这样一句话。从 1843 年开埠以来,上海内部的区域概念就非常强,有"上只角"和"下只角"之分。总体来说,旧上海时期的法租界和上海公共租界的中区和西区的一部分属于"上只角",华界和其他城乡结合部属于"下只角"。当然这只是针对上海浦西的核心部分而言,不包括松江、嘉定、青浦等郊区。而浦东对于老上海来说,只是个乡下地方。以前老浦东人民如果要去浦西的话,都会说"今天要去上海跑一次",可见区域差别有多大。

而静安区,无疑是"上只角"中的核心区域了。在黄浦区和卢湾区合并之前,三者还难分上下,但合并以后,反而是静安区一枝独秀了。简宁一直觉得很奇怪,新黄浦区其实不差,有外滩、有人民广场、有新天地,还有淮海路等等上海标志性地点,但不知为何总感觉比静安区差了一些。

其实在有一个阶段，简宁认为静安区是被浦东新区超越的。但是自从新嘉里中心和芮欧百货开张以后，把老牌的静安商业地段"恒、梅、泰"以及上海商城，与静安寺、久光百货、静安公园连接成海天一线后，南京西路这整个路段无疑成了上海商业最繁华的地段。

　　温蒂的家就住在静安区。很奇怪，老上海人一般听说住在静安区，都会自然反应对方是有钱人家，而不问是住在高档小区内，还是旧式里弄房。有些搞笑的是，有些房地产开发的楼盘，已经在静安区之外，但是还会起一个"静安风景"之类的名字，好抬高一下价格。

　　简宁听说温蒂喜欢吃清淡一点的食物，就预定了新嘉里中心三楼一家日式料理店。这家店以日本烧烤为主，特点是烧烤食物的时候完全不放油。中国的烧烤，往往会在食物两边涂上厚厚的食用油，这样食物不容易焦。但是，如果不用油，既要能够让食物不焦，里面又要烤熟并且保持鲜嫩的口感，是需要厨师非常深厚的功底的。这也成了这家店的特色。

　　温蒂穿了一身黑色的紧身短裙，坐在简宁的对面。她本来就喜欢运动，再加上黑色本来就显瘦，使得温蒂看上去越发窈窕有致了。"你今天看上去倒是有点像来相亲的了。"简宁评价道。

　　"哈哈，上次不是来捣糨糊的嘛。"温蒂笑着回应道。"捣糨糊"是一个俚语，在江浙沪这带很流行，大意是糊弄糊弄对方，不认真的意思。"你上次不也是来捣糨糊的吗？"

　　"那我们两个在一起不就是一团糨糊了么？"简宁也笑

了，"怎么样，回上海以后感觉如何？"

"变化真大，很多地方都不认识了。上海的发展，感觉要比香港快许多。"

"嗯，后发展的地方，肯定比已经很成熟的地方来得快。而且香港你也知道，过几年要全民直选了，给的政策也比以前少许多。你看李嘉诚不也把重心往外迁移了嘛。"简宁点点头，"有没有四处去看看。"

"一开始有，但后来觉得风格都差不多。我现在晚上都宅在家里。"从温蒂的表情可以看出，她对城市重复性建设不以为然。

"没看出来你是个宅女，我还以为你晚上会去泡泡吧什么的。"

温蒂故作神秘地看了看简宁，"你猜猜我晚上在做什么？"

"不知道，"简宁对猜谜游戏不是特别有兴趣，"我猜不中的。"

温蒂有些失望，"你真无趣，告诉你吧，我在写书。"

这倒让简宁不是很意外。温蒂平时发的微信内容，就让简宁感觉她是个文艺女青年。"写的什么内容？什么时候可以让我拜读一下吗？"

"写上海和香港的，双线故事，呵呵！"

"哦，不会是类似《双城记》的吧。"简宁突然想起来英国著名作家狄更斯的《双城记》的开篇：那是最美好的时代、那是最糟糕的时代；那是智慧的年头、那是愚昧的年头；那是信仰的时期、那是怀疑的时期；那是光明的季节、那是黑暗的季节……这不也可以套用在现在的上海么？

"没那么厉害的，就是写点自己的心情。"温蒂回答道。

"哦，黄不黄？"简宁突然问道。温蒂显然没想到简宁会问这个问题，"什么黄不黄？"

"哈哈，"简宁解释道，"我看书，只分黄的和不黄的。不黄的只有一类，那就是'股评'。"

"你们男人呀，"温蒂摇了摇头，"我也上一些文学网上看了，现在火的都是一些武侠类的小说，一写都是上百万字的，好厉害！"

嗯，那都是"过副本"模式的，简宁想道。先是有一个很厉害的坏人，主人公能力升级后打败了他，又出现一个比他更厉害的坏人。然后主人公拿到一本秘籍修炼后能力升级，打败了一个更厉害的坏人以后，又出现一个更更厉害的，以此类推。不过这种小说一直挺有市场的。

"那你写的是你和那个香港男人的故事咯？"简宁顺势问起了温蒂的感情生活。

温蒂叹了口气，"到上海以后，一开始还天天联系，现在慢慢淡了。感情最大的敌人不是时间，是距离。我现在有些感觉，他不会离婚的。"

简宁点点头。温蒂抬眼看看他，突然有些好奇地说，"你上次好像说过，你也做过第三者，后来是怎么熬过来的？"

简宁沉默了一会儿，然后说，"也许我控制不了自己爱她，但我可以控制得了自己不去找她。"

之后两人再也没聊过感情话题，而是聊了一会儿各自的成长经历。两人惊讶地发现,在年少时都曾住过普陀的某一个小区。"没想到我们曾经是邻居!"温蒂显得很开心。

"嗯,路口有一家新疆拉面店,我一直去的。拉面店旁边还有一家吃上海小笼的。"

"对对,上海小笼当时也没这么贵,差不多一块钱一客,辣酱面也只要六角钱一碗。"温蒂连连点头。

"你那时候多大啊?七八岁吧?"

"差不多刚上小学。说不定我们在同一家饭馆遇到过。"

"我那时候已经初中快毕业了。就算看到,在我眼里你也就个小女孩,哈哈。"简宁笑道。

"唉,小时候年龄的差距能够完全感觉到,大了就不觉得了。"温蒂低垂着双眼,在柔和的灯光下,让简宁感觉到很温柔。但是,简宁不断提醒自己,还是有正事要办的,别想其他的。但是要怎么提呢?没想到温蒂主动提到了简宁想说的事情,"媒人可是把你夸得像绝世好男人,我妈妈很感兴趣。"

"哦,我妈妈也是,她听说你上得了厅堂、下得了厨房。我想,别你不会做饭,会穿帮的。"

"你怎么知道?我就会做几道菜,番茄炒蛋,蛋炒番茄,番茄炒番茄,蛋炒蛋,还有就是番茄蛋汤。正好四菜一汤。"

"好吧,我会一点。"

"真的么?我爸爸也想看看你什么样子。其实谈不谈不重要,如果能够打消他们的顾虑,让他们不要老担心我,也是件好事。"

"嗯,那找个时间,我请伯父伯母吃个晚饭吧,大家也认识一下。"简宁试探地问道。

"好啊，我回去问问。说实话，我回上海后，也只新认识了你一个朋友，应该给他们介绍一下。"

简宁看了一眼温蒂天真无邪的表情，心里有一丝愧疚。

晚餐结束后，简宁便开车送温蒂回了家。从温蒂家出来后，简宁绕了几个弯，又回到了南京西路华山路，准备上延安路高架回浦东。但这时，简宁突然看到一个瘦长身形的女子，背着一个香奈儿2.55经典款黑色肩包，站在路边等车。在其身后，一个皮肤黝黑的菲佣，左手拎着一个塑料袋，右手拉着一个七八岁左右的小男孩，和这女子说着话。这不是赵先的秘书李振亚么？

简宁心念一动，冒着被贴违章的风险，把车也靠在马路旁边，远远地看着她们。不一会儿，开来一辆黑色的奔驰保姆车，停在了李振亚的身旁。随即李振亚和菲佣，以及那个孩子便坐上了车。

奔驰车开得不快，简宁也慢慢地开着，跟在后面，感觉自己像是个间谍。他的直觉告诉他，这个孩子是李振亚的小孩。但是李振亚并没有结过婚，什么时候有的孩子？简宁一边开车，一边努力回忆，突然想起来，大约在九年前，李振亚因为要去海外留学，曾经离开过上海一段时间。好像当时听说留学费用还是集团出的。

奔驰车上了高架后，一路开到中环后便下去，经过几个转弯，来到一个别墅区的门口。简宁认得这个小区是"虹桥高尔夫别墅"，独栋也要好几千万。以李振亚的收入，怎么可能买得起这个小区,简宁心中的疑惑不断地膨胀。

司机下了车后,绕到另一边,帮李振亚开了车门,李振亚三人便下了车。简宁立刻掏出手机,迅速地拍了几张照片。他已经隐约感觉到这是谁的孩子了。赵先虽然是住浦东的,但是他很久以前,在虹桥附近也买过房子,好像是叫"名都城",距离这里不远。

等到李振亚走进小区后,简宁一看门口的保安措施做的很好,便打消了开车跟进去的念头,离开了。

简宁回到家,看到欣鱼正抱膝蜷缩成一团,侧身靠在沙发上,一副闷闷不乐的样子。"怎么了,今天没有播么?"

"播了一会儿,没什么兴致,就下了。"欣鱼头也没抬,声音无精打采。

"哦,没人刷礼物?"简宁继续问道。

"不是,来了好多人的,都是昨天看了疯人游戏后来的。不过有人说话不干不净的。"哦,看来疯人游戏对于拉动人气还是有帮助的,不过凡事总有利有弊,简宁暗自想道。

欣鱼继续说下去,"有小雨露的粉丝来捣乱,说我抢她们家的'周星'。"

周星?简宁有些奇怪。于是欣鱼便解释给简宁听,PM平台的礼物有很多种类,比如飞机、跑车、航母、爱的火山等等。每周同一个礼物得到最多的主播,便可以得到相应礼物的"周星"奖章,挂在直播间的最上方,以及主播名字的最前面,算是对于主播的奖励。另外得到周星奖章的主播,还可以得到PM公司额外给予的每周200元人民币的奖励。奖励的金额虽然很低，但这毕竟是一种荣誉。

自从 PM 公司设定了万物生这个礼物以后，PM 平台第一玩家小明每周都会送小雨露三到四个万物生，因此万物生的周星奖章，一直是属于小雨露的。毕竟万物生是 PM 平台最贵的礼物，因此万物生的周星奖章显然是 PM 平台主播的最高荣誉了。但是在疯人游戏中，开路先锋一下子送给欣鱼两个万物生，给小雨露的粉丝们感觉似乎欣鱼是要挑战小雨露的地位，因此就有些喜欢惹是生非的玩家跑到欣鱼的直播间来捣乱。

"清者自清，浊者自浊，不用理他们。开路先锋给你刷万物生，事先你又不知道，别为这件事烦恼了。"简宁安慰道。

"不是为了这个，"欣鱼抬起头，沉默了一会儿，"你知道么，南少约我见面。"

"见面？"简宁有些没反应过来。

"嗯，有很多玩家玩这个游戏的目的并不单纯的，很多都是想和主播约会的，还有直接要求出钱和主播上床的。"欣鱼淡淡地说道。

简宁没做声，这个就算欣鱼不说简宁也能猜到。林子大了，什么样的鸟都有。土豪们刷了那么多礼物，当然很多是有所图的。"疯人游戏第二场的赢家'哈妮妮'，听说好像就和她的超粉'习惯有妮'开始谈恋爱了。"

"那也许是谣传吧。对了，你以前有没有遇到过？"简宁问道。

"有啊，你看我超级粉丝榜第八位的'赵云在世'，是个新疆的土豪。来了几天给我狂刷了有两万左右的礼物，然后就说给我买飞机票，让我去他那里，把我给包养起来。"

"两万……不多呀！"简宁心里想道，但没说出来。

"我当然没理他。他就跑其他主播那里刷礼物了。不过总会有主播同意的。"欣鱼继续说道。

"所以南少就约你见面了？他也要包养你么？"

"南少说他最近生意上遇到了大麻烦，欠了不少钱，好像是联保什么的，我不懂。他说心情不好，一定要我去见见他。"欣鱼满脸愁容，"以前南少不怎么黏我，我还觉得他人挺好，没想到和北少一个德性！"

简宁突然想到，经过疯人游戏南少刷了无数飞机以后，现在应该是欣鱼的超级粉丝榜第一位了吧。"欠了钱还给你刷那么多飞机？"简宁有些好笑。

"还不是被你的火山，还有东屏的阅兵典礼给刺激的？"欣鱼说道，"南少和我说，如果当时你们不刷，他就放弃了。结果看到你0级的号都能刷出爱的火山，他头脑就发热了。"

"我当他很有钱的来。"简宁的语气里有些嘲讽的味道。

"我也是，不过你别说，有些粉丝刷礼物不计后果的。那个饭团，好像也借了点钱给我刷礼物。"欣鱼的表情也带有一丝不屑，"浙江人不是很有钱的吗？

"浙江是有很多有钱人，不过最有钱的人在北京，没有之一；其次在上海，也没有之一。"简宁说道，他突然想起个故事来。

简宁有个朋友是浙江人，几年前在上海开厂，有一次喝酒喝多了,很得意地对简宁说,"你看都说上海有钱,你们上海人都不是帮我们打工的?"

简宁看他太得意,有意泼他一点冷水,便冷冷地说,"你别小看上海人,也许你们厂的门卫都比你有钱。"

这朋友有点意外,"怎么可能,你也太看不起我了。"

"我和你说,上海很多郊区的农民,有宅基地的,一动迁就可以分几套房和很多现金,价值上千万的。等分到手之后,一套自己住,剩下的借出去租,而自己则找个门卫啊、保安啊之类的工作混混日子。"简宁解释道。

"很多外地在上海拼搏的生意人,往往有一千万要借两千万,有两千万要借四千万,都是爱冒险的。所以看看他们资产规模很大,净资产没多少,也欠了银行一屁股债。所以从这个角度说,只能说上海人不求上进的很多,但你千万别说上海人没钱。"这朋友听后就不说话了。

"那你准不准备去见南少?"简宁问欣鱼。

"不知道,我还没想好。如果只是见一见倒是可以,不过我绝对不去他那里。"

简宁看了看欣鱼执拗的表情,想起另外一件事情来,"对了,告诉你一个好消息。"

"什么好消息?今天一天的坏消息了,快说出来让我高兴高兴!"欣鱼一下子来了兴趣。

"公司批给我一点钱,让我刷礼物给你们,主要是用来了解 PM 平台运作的。"

"真的啊!"欣鱼一下子从沙发上跳了起来,"那你全

上海不相信爱情(第一部)

都要刷给我！"

"凭什么啊？！你是房东还是我是房东啊，哪有房东倒贴钱给房客的！"简宁装作不同意的样子。

"嘿嘿，我不管嘛！"欣鱼开始撒娇，"有多少钱？"

"5000 元。"简宁故意少说了许多。

"哦，那可以刷五个爱的火山了。"欣鱼仿佛这个钱已经是自己的了，在那里扳着指头算着。简宁无奈地摇了摇头，便去洗漱了。

（十四）
偶　遇

这天，东屏来到简宁的办公室，两人开始商量关于入股PM公司的下一步行动方案。简宁把要与温蒂父亲见面的事情告诉了东屏。东屏有些意外，"这么巧，她父亲是上海市科委的？我正好听说他们申请高新技术企业认定有些问题，代理公司没那么容易搞定的。"

简宁点点头，"和我预计的一样，申请高新技术企业认定哪里有那么容易！第一次会面的时候我就在想，PM公司的财务报表应该没有问题，科研人员的数量也没问题，学历也过得了关。但是专利技术呢？这种平台有专利技术么？"

东屏想了想，"这倒是。不过现在专利技术的认定也有擦边球可以打啊。据我了解，有些公司凭着专利技术的初步申请文件，就可以认定高新技术企业了。但其实这些公司并没有取得最后的专利技术证书。大家都知道，专利技术的认定时间很长啊。"

"嗯，但这种擦边球，也必须有关系才行啊。"简宁说道。

"对,而且如果搞得定上海市科委,说不定还可以申请专项扶持基金呢!"东屏补充道,"那你准备帮贺天这个忙?"

简宁深思熟虑过了,"暂时不准备。如果我们真的帮了这个忙,他们也未必需要我们了,到时候最多出点钱谢谢我们。我的想法是,让对方知道我们有这个关系和能力,至于帮忙的事情,等到项目谈得差不多的时候再说。"

东屏做了一个 OK 的手势,"我也这么想。但是你和温蒂的父亲都还不认识,怎么做呢? 难不成你和温蒂父亲吃饭的时候,把贺天带去? "

"当然不行。一方面温蒂的父亲肯定不高兴,会认为我陆简宁怎么功利心这么强,到时候万一不欢而散就麻烦了。另一方面,贺天不就知道我也才是第一次见温蒂的父亲了么? "

东屏沉思了一会儿,"贺天这个人久经商场,如果戏演得不好,肯定会被他看出破绽。反正我们的目的,是让他感到我们有这个渠道就行。看看有没有其他办法? "

两人商量了一会儿。这时候简宁的秘书刘瞳拿着个水壶走了进来,"陆总,要不要加点水?"说着就自说自话地给简宁的杯里加水。加完以后,刘瞳又去打开东屏的茶盖。简宁注意到,刘瞳偷偷地向东屏眨了下眼睛,东屏也满怀笑意地用眼神回应着。

简宁没有说话,心想东屏你是狗改不了吃屎啊,而且品位越来越差。不过也好,他们两个最好搞点事情出来,这样自己可以名正言顺地要求把刘瞳开除了,或者至少可以换到其他公司。

刘瞳出去以后，简宁说，"对，只要让贺天知道我们有这个渠道，他应该会来找我们帮忙。只要他开口，后面就好办了。"

"嗯，大不了你就牺牲下色相，委身于温蒂咯。"东屏口无遮拦，"再说你也不吃亏啊！"

简宁默不作声，他不想把温蒂和那个香港人的事情告诉东屏。其实以简宁父亲的关系，绕几个圈子也可以与温蒂父亲搭上线，但是简宁觉得没有必要这么麻烦。两人又商量了会儿，东屏便离开了。

与温蒂家人的饭局，简宁选在了徐家汇附近闹中取静的一栋四层老式洋房内。这栋洋房建于十九世纪三十年代，已经有八十多年的历史了。洋房的主人早已移民美国，将洋房出租给一个上海老板做私家会所。会所有一个很怀旧的名字："苏宅"。高端洋气上档次、低调奢华有品位，简宁猜想温蒂的父亲应该是喜欢后者的。而且，"苏宅"是以上海菜为主，江浙菜系为辅，温蒂的父亲应该不太会忌口。

简宁预定了顶楼的一个大包房。包房的装修也是古色古香，餐桌餐椅都是紫檀木的。房间的一边，摆放着一张巨大的紫檀烟榻，坑几上放着两套烟具，颇让人感到似乎回到了那个飘摇不定的年代。徐志摩曾说过，男女之间最规矩、最清白的莫过于烟榻了，看似接近、只能谈情、不能做爱。简宁想道，有时候男女之间，也就一张坑几的距离，却咫尺天涯。

温蒂的父亲是一个慈眉善目的长者，戴着一副金丝边的眼镜，看上去很儒雅，风度翩翩，而且和温蒂长得有几分神似。温蒂的母亲长得很福相，嘴角永远挂着淡淡的笑容，穿着一身无袖丝绸旗袍，脖子上围着一串珍珠项链，看上去高贵优雅。

"啊呀，温蒂一直说你很优秀，今日一见，果真一表人才啊！"温蒂的父亲显然对简宁的第一印象颇好。

"伯父过奖了，我也出道时间不长，很多地方不懂，以后还想请伯父多多指点。"简宁马上应道。

"年轻人，谦虚好学是好事，这样才可以进步嘛，"温蒂的父亲一边说着，一边转向温蒂，"你呀，有时间要和小陆多多交流，有事情可以一起商量。你这地方选得不错，安静。"

"伯父喜欢就好。这个会所是我们集团的定点餐馆，一般我们有重要客人都会选在这里。"简宁撒了个谎。

"哦，不错。对了，小陆，今天大家吃个便饭，你不要点太多。简单一点就可以。"温蒂的父亲挥了挥手，示意简宁少点一些菜。

"伯父您放心。一会儿伯父您看一下，我不知道合不合您和伯母的口味，要是有忌口的，可以换。"点菜简宁也花费了一些心思，选了一些例如扣三丝、狮子头、红烧肉之类的家常菜。虽说是家常菜，这里的摆盘是很特别的，简宁觉得问题不大，不会让人感觉掉档次。然后简宁又加了一道大菜，红烧火腩穿山甲煲。这年头，"装"的秘诀就是在平凡中凸显尊贵，比如一身优衣库的行头、戴块百达翡丽的表，而且居然还是真的。

温蒂的母亲则很好奇地打量着简宁，简宁被她看得有点不好意思，低下了眼睛。不过简宁觉得，以温蒂的教养，温蒂的家人应该不会在第一次就问年收入多少、家里有没有婚房、父母是干什么的之类的问题。相亲也有相亲的好处，这种信息就交给媒人去传达吧。所以古代媒婆收费也是合理的，比现代的婚姻介绍所靠谱得多。

整顿饭吃得很愉快。简宁觉得自己挺符合一个未来女婿的形象。有时候很奇怪，如果要人扮演一个角色，会扮演得很像。但是如果自己真的遇到实际情况了，又会显得不自然。不管怎么说，简宁感到温蒂母亲的眼神越来越温柔，果然丈母娘看女婿，越看越顺眼。

"我们温蒂要是早点认识你就好了，也不用让我们这么操心了！"温蒂的母亲赞扬道。温蒂的父亲，感觉她要说漏嘴，赶快在桌子底下踢了她一脚。简宁留意到了这点，假装低头拣菜，默不作声。温蒂赶快说了个笑话，糊弄了过去。

等吃完饭，简宁买完单，便起身去了洗手间。关上门以后，简宁赶快给东屏发了一个短消息："我们快好了，你准备吧。"十秒钟后，东屏回了一条短消息："我们也买好单了，开始吧。"

于是简宁便把温蒂一家带下楼，在二楼楼梯口，"巧遇"了东屏。原来，东屏事先联系了贺天，说希望能够认识一下PM 公司的其他三位股东兼管理层人员，并指定了当天下午的时间。贺天便安排三人与东屏见了面。东屏故意谈得很晚，然后说已经安排好了饭局，邀请三人一起用晚餐。三

上海不相信爱情（第一部）

人盛情难却,便与东屏一同来到了"苏宅"。

"哎,许总,你也在这里吃饭?"简宁故作惊讶状。

"也巧,今天有贵客,这位是?"东屏和简宁打了个招呼,便望向温蒂的父亲,示意简宁能否介绍一下。

"哦,这位是上海市科委的温主任。伯父,这位是集团另一家公司的副总裁,许东屏。"

"久仰久仰!"东屏赶快从名片夹中拿出一张名片,给温蒂的父亲递了过去。温蒂的父亲笑道,对简宁说,"你们公司的高管都很年轻啊,有前途啊!"然后随身一摸,"啊呀,今天名片没有带够,不好意思。"

简宁立刻明白,政府官员一般不随便给人名片,但是这样戏就没有演到位了,于是只能硬着头皮,把吃饭之前温蒂父亲和自己交换的名片拿了出来,"伯父要么这张您先用?"一边说着,一边把有名字的那一面对着那三人,以便他们看清楚。

东屏马上接了翎子,"啊,不用不用,我有事找简宁就可以了。"于是简宁顺手把名片收了回来。这时,三人中较为年长的那一位向前走了一步:"温主任,您好!我叫贾庭,是平民狂欢公司的营销总监,认识您很高兴!"并递上了自己的名片。

温蒂的父亲收过名片,又和他们寒暄了几句,便与简宁他们离开了。贾庭注意到,温蒂的手勾在简宁的手臂上,便偷偷问东屏:"你们的陆总和温主任什么关系?"

"别说出去,"东屏故作神秘,"是他的乘龙快婿!"

温蒂的父母由驾驶员接走以后，温蒂便坐上了副驾驶的位子。"我们去哪里？"简宁问道。"浦东吧，你住哪里我还不知道呢？去看看。"

简宁顿时愣了一下，难道要去我家么？然后立刻想到了欣鱼还在家直播呢。但是又不能说不。正迟疑间，温蒂笑道，"别瞎想，我只是认认路。"简宁觉得被温蒂看穿了心思，不好意思地笑了。

内环高架上有些堵车，简宁若有所思地看着窗外巨大的广告牌上一个绿色"沪海网"的广告。"你在想什么？"温蒂问道。

"那家公司，"简宁指了指广告牌，"我们去年非常看好，但可惜竞争入股失败了。你看他们现在有了钱，广告到处都是，发展得很快。"

"你们男人啊，怎么整天想着工作。"温蒂侧过脸看着简宁，"不过认真的男人比较吸引人。"

"反正做什么事情，总是要尽力去做，这样就算失败了也没什么，否则留给自己的只有后悔。"

"嗯，有时候真希望下辈子我可以做男人。"看温蒂的表情，是非常认真地在说。

"你这可是重男轻女哦！不过我发现，其实重男轻女的大多都是女人，我看小说中都是婆婆担当这样的角色！"

"人生若有不满，总希望来世可以改变命运的嘛。"温蒂总结道。

"你有什么不满的，我估计你爸爸妈妈一定很宠你，对

上海不相信爱情（第一部）

吧?"简宁想了一会儿,说道,"对了,今天我表现还可以吧?"

"嗯,90 分吧,应该过关了。不过你别看我爸爸好说话,其实他眼光比我妈妈高许多呢!"

"看得出来,你爸爸是内敛型的,很多事情心里明白的很。"

"嗯,不知道为什么,他就是不喜欢我前男友。他觉得他很虚,不实在。"

前男友? 简宁不知道温蒂指的是谁,难道是那个香港人? 于是简宁决定还是单刀直入:"那你有没有告诉香港人,我这个冒牌男友的存在?"

温蒂叹了口气,摇了摇头,"我和他已经有一段时间没联系了。"简宁突然想到一句歌词:终于谁也没开口,就放手。生活中这样的事情,不也是很常见么。

一路上两人沉默不语,车开到了简宁所住的公寓楼下。简宁停好车,便带着温蒂在广场上散步。广场的一边,上百个穿着各式各样五颜六色服饰的大妈,正在整齐地跳着广场舞。当然其中也混杂着几个大爷,但是并没有一点违和的感觉。简宁想到温蒂是银行的理财经理,便对她说,"你有空也来跳跳,有益身心健康!"

"开什么玩笑,我有那么老吗?"温蒂面带微笑,并不生气。

"开发客户呀! 你要知道,广场上的大妈可是非常优质的潜在客户哦,她们有钱又有时间听你忽悠,并且掌握着家里的财政大权,又对投资理财似懂非懂,这样的人最好糊弄了。"

"你当我'阿扎里'啊！"温蒂娇嗔道。"阿扎里"在上海话里是骗子的意思。

"没有啊，有些老人空虚寂寞，他们愿意花点钱让人来陪着聊天啊。你以为那些老人真的那么容易上卖保健品的当么？很多老人心里清楚得很，他们无非也是想花点钱买存在感吧。反正钞票生不带来死不带去的。"

"是不是搞投资的人，一直都那么理智啊？"温蒂问道。

也未必，简宁在心里默默地说，想起了疯人游戏那晚给欣鱼刷爱的火山时的情形。也许理智的人疯狂起来，要比热血质的人更疯狂。

两人慢慢走到了广场的另一侧。也许是广场舞吸引了太多人的缘故，广场的另一侧冷冷清清。有一个抱着吉他的小伙子，坐在地上。而在简宁和温蒂的前方，一个白发苍苍的老太太颤颤微微地走着。简宁和温蒂不由自主地停下脚步，看着他们。幽暗的路灯下，四人构成了一幅奇特的画面。

画面停顿了几秒，小伙子突然自弹自唱起来《十年》来。十年之前，我不认识你，你不属于我，我们还是一样，陪在一个陌生人左右，走过渐渐熟悉的街头。"人生能够有多少个十年啊！"简宁心想，突然感觉到温蒂的手指轻轻碰到了自己的指背。简宁犹豫了一下，反手过去将温蒂的五指扣紧，顺手将温蒂拉了过来，另一只手顺势搂住了温蒂的腰。温蒂没有反抗，很温柔地将头埋在了简宁的肩膀上。简宁闻到了温蒂头发上淡淡的香气。

歌手继续唱道:"十年之后,我们是朋友,还可以问候,只是那种温柔,再也找不到拥抱的理由,情人最后难免沦落为朋友。"简宁和温蒂谁都没有说一句话,紧紧地抱在一起,仿佛时光就在那一刻永久地停滞了。老太太越走越远,渐渐看不到身影。

　　而公寓楼上,欣鱼站在玻璃窗前,默默看着广场上这一切,神情凝重。

谋 反

　　"砰"，一声清脆的击球声在简宁的耳边响起，只看到空中划出一道美丽的弧线，一颗白色的高尔夫球落在了草坪的远端。"怎么样，我现在姿势有模有样了吧？"东屏穿着紫色的 T 恤，米黄色的休闲长裤，双手握着细长的高尔夫球杆，侧身摆了一个优雅的造型，看着简宁。

　　"姿势好看又没用的。要去比一比才知道水平，你现在还泡在练习场，也就糊弄糊弄我这个外行人。"简宁悠闲地坐在皮质沙发上，不以为然地回应道。

　　"你要好好学一学了，浦东的汤臣高尔夫离你家又不远，现在请个教练费用也不贵。打高尔夫早晚有用的。"东屏劝说道。

　　"嗯，我有这个打算。"

　　"等你学得差不多了，明年春天我们去塞班玩吧，直飞过去也就四个多小时，那里有几个高尔夫球场不错。我听说有一个洞，是要跨海峡击打的，想想就刺激。你想呀，在悬崖上

上海不相信爱情（第一部）

击球,下面就是波涛汹涌的大海,而你的周围是一片宁静的绿色草地,天空又那么的蓝,没有 PM2.5 的担忧……"东屏一脸陶醉状。

"你适合高大上,我还是走我的平民路线吧。对了,今天找我过来,不会只是来教我高尔夫的吧?"

两天前,简宁接到东屏电话,说有重要事情商量。简宁本来想两家公司办公地点这么近,走走也就是十分钟,随便找个地方喝喝咖啡就行,没想到东屏把简宁约到了虹桥的高尔夫练习场。这小子,葫芦里卖的是什么药呢? 简宁有些警惕。

"没什么,还不是为了 PM 公司入股的事情。"

"哦,到目前进展很顺利啊。"简宁回应道,"贺总前两天给我来电话,下次就准备谈律师和会计师进场做尽职调查的事情了。"

"律师还是义石所的周律师吧? 赵先好像挺信任他的。"

"嗯,毕竟他和老板合作那么多年了,跟我们沟通也一直很顺畅。而且我听说最近你们楼的业主方也和他这里签约了。"简宁心里默默地算了一下,发现不知不觉中,自己和周律师居然也认识很多年了,光阴似箭啊。

"那你觉得这个项目谈下来的把握有多大? "东屏试探性地问道。

"现在一切看上去很美,但是谁知道呢? 要等律师、会计师的尽职调查报告结果。如果没有实质性缺陷的话,就要看最终的价格了。"

东屏沉思了一下，"其实最近我一直在做全面调查。我估计最终估值不会超过 3 亿元。如果我们入股 20% 的话，大概 6000 万左右可以谈成。"

简宁没有做声。如果只是商量上面这些事情的话，东屏没有必要把他带到这里来。简宁在等，等东屏说到重点。

东屏见简宁不说话，便自顾自继续说下去："简宁你说，老板到现在没有出面，这是为什么呢？"

确实，到目前为止，赵先和贺天还没有见过，"也许是他太忙吧。不过长崎的那个投资项目，比我们这个项目要大得多。而且还涉及很多日本的法律政策，他估计要花很多心思。"

"那这个项目做下来的话，岂不是都是我们两个的功劳？"

简宁隐隐约约地感觉东屏要说些什么了。"如果我们自己能把这个项目做下来，你愿不愿意呢？"东屏终于把底牌给亮了出来。

简宁故意装得有些吃惊，吸了口气，"兄弟啊，你这话我听着可是有要谋反的味道啊?！"

东屏听了哈哈大笑，"就是因为是兄弟，所以今天才和你商量。你想想，我们在创先集团干了这么多年，也就年薪过了百万。而赵先呢，身价少说几十个亿了。这个项目，如果给集团干，估计最多也就赢利个几亿。少这几个亿，对赵先未必算得了什么。但对于我们呢？你凑满那副扑克牌的理想就会快许多。"

这是晓之以理动之以情的节奏吗？简宁一点不觉得有

在策划革命起义时的紧张，反而感到有点好笑。自从认识东屏的第一天开始，简宁就知道这一天早晚会到来。

"我在想，以我们的能力，这个项目应该可以做下来。那天贾庭回去以后，把你的事情和贺天一说，贺天对你的态度应该更加热情了吧。我们能有机会和他们进一步接触，完全是卖你的面子，和赵先又没什么关系。"

简宁注意到，一旦开始商谈谋反的事情，东屏已经不称赵先为老板，而是直呼其名了。屁股的位置决定脑袋的想法，这话一点没错。

"你要想清楚。"简宁慢悠悠地说道，"我和你是兄弟，不想害了你。别忘了，我们可是一直以创先集团的名义和PM公司在接触啊。"

"不瞒你说，这个事情我也想了很久。PM公司现在另外三个股东和我很熟，贾庭和我一起洗澡也洗过几次了，大家全身上下都看过，很多事情已经可以敞开来说了。贺天好像对你印象一直不错，而且我注意到他也喜欢和年轻人接触。关于介绍做手机版平台技术人员的事情，我也不是信口开河，我已经有比较合适的候选人了，PM公司应该会满意的。"

原来东屏已经策划很久了。简宁觉得，东屏的欲望比自己要强烈得多，也许他是从小县城出来，一直有着要改变命运的想法。与东屏相比，自己简直就是一个无欲无求的人。

"别忘了，老板手下还有莫东岩，将来这个项目是要放到上市公司里去的。这方面你是怎么打算的？"

"做上市公司市值管理的公司很多，我们手上只要有好项目，不怕找不到合作伙伴。而且看贺天的样子，如果手机版的效果比较好，市场占有率能提高得很快，估计他不会同意被上市公司收购的。他一定会走自己上市的途径，比如去香港。而这方面的股权结构策划，是你的专长。"

简宁闭上眼睛想了会儿，"还有个实质性的问题，收购股份的钱哪里来？"

东屏嘿嘿一声笑了，"这个你放心，我有其他财团的支持。"东屏感觉简宁有些动心，便继续说道，"我和他们都商量好了，到时候会给你干股，不需要你出钱。"

"干股？"

"嗯，前面说了，我们这次收购 20% 的股权，我估计总金额大概会在 6000 万左右。如果整件事情能够办成，20% 股权里面，有 1% 算给你的干股，不算未来的增值，等于也要300 万元了。"

"听上去很不错，"简宁尽量克制自己的情绪，"不过你知道，我不打无准备的仗。我可以相信你，但你背后的人我又不知道，万一别人忽悠你呢？岂不是把我也给卖了。"

东屏犹豫了下，慢慢地说，"其实有件事情，我一直对不住兄弟你。"

"说吧，我扛得住。"

"其实你的新秘书刘瞳，已经和我好了。"东屏不好意思地说。简宁知道他是装的，心里不知道有多得意。不过自从发现刘瞳的开心网好友头像里有那个保时捷标志开始，简宁就有点预感。

"我和她加过开心网的好友。"东屏继续说下去,"开心网有个功能,就是只要用户乐意,就可以显示出用户所在的位置。一般很多人去哪个好的餐馆吃饭,或者到哪个好玩的地方玩,就会显示出来。"

"然后呢?"

"然后我发现每晚刘瞳的位置都在'九间堂'。"

九间堂!简宁心里有些吃惊。九间堂是位于上海内环内世纪公园板块的豪宅区,比较好的单套别墅的价格都是过亿的。简宁也曾认为刘瞳可能是个富二代或者官二代,但没想到她家这么有钱。"你的意思是说,刘瞳家里是富豪?"

"看你吃惊的样子,你也太不关心你的下属了吧!"东屏笑道,"她父亲是搞房地产的,而且还是中国房地产行业前五十强,我也是最近才打听到。"

怪不得刘瞳是赵先亲自介绍给简宁做秘书的,原来如此!"我刚才还在想,非美女不谈的你,怎么会看上刘瞳的,原来是另有所图!"简宁为东屏感到有些不齿,"但你有没有想过,刘瞳的父亲和老板应该是朋友关系,他会帮你?"简宁还是觉得不稳妥。

"先不让他知道这个项目是创先集团做的。刘瞳和她父亲说了,想自己搞个创业基金学习投资,她父亲宠她,已经答应了。反正6000万对他来说,也不是什么大数目。然后她会把钱借给我,到时候借款手续正规一点就是了。"

"你这算是天时、地利、人和了么?"简宁嘲讽了一下东屏。

"天时、地利有了,就缺人和了,不就等你拍板么!兄弟啊，人生能有几回搏啊！"

简宁站起身来，对着东屏说，"我三天内给你答复。如果要干，就一干到底，如果不行，今天的话我就当做没听过。"

果然当天一回办公室，刘瞳就向简宁递交了辞职报告。简宁也没有说什么客套话，也许将来还是合作伙伴呢。人生真是奇妙，你永远不知道下一秒会发生什么。如果可以预测人生，那样会很无趣吧！

整个下午，简宁都把自己关在办公室里，看着 PM 公司的资料。同时他拿出一张纸，把所有与这件事情有关的人的名字都写了上去，画出一张关系图表来。简宁希望用这种分析法能得出答案，然后发现根本不行，反而让自己的脑子更乱。于是简宁打开电脑，插上耳机，登录了 PM 平台，希望让自己放松一下。

打开主页，简宁看到井甜的头像在首页推荐上，她现在正在直播。于是简宁点了进去。井甜一看到"月老随便逛逛"进入了直播间，马上想起了是在疯人游戏中见过的，于是立刻打招呼："小伙伴们，让我们欢迎一下'月老随便逛逛'。对了月老啊，能不能帮我牵个红线？"

又是这句话，能不能换个有新意的，几乎每个主播都会这么说。"你想要啥样的？这里这么多粉丝，我帮你牵一个你喜欢的。龙隐行不行啊？"

"啊呀，好难选哦，我都喜欢怎么办？要不你帮我选一下呗。"井甜说道。

"我怎么帮你选，选错了怎么办？"简宁打字道。

井甜莞尔一笑，"错了就错了，选择没有对错的，选错了也有意义啊！"

晚上回到家，欣鱼正在厨房做晚饭，而且准备了许多菜。简宁有些意外，以前欣鱼都是随便做些面条、蛋炒饭什么的将就将就，或者叫一些外卖。"太阳从西边出来了，还是明天就是世界末日？"简宁调侃道。

欣鱼没搭理他。等饭做好，欣鱼把菜一道道地端了上来，摆了满满一桌。简宁一看，如果四个人吃都绰绰有余。"有没有我的一份？"简宁故意问道。

"一起吃吧，不收钱的。"欣鱼面无表情地说道。简宁笑了笑，便坐了下去。"好丰盛啊，认识了那么久，还没有尝过你的手艺！"

"在老家我一直做的。我们那里的女孩子，多多少少都会做菜。"

"要不要开瓶红酒？"简宁问道。

"不用，一会儿我要直播呢！你想喝就自己喝吧。"欣鱼回答道。

简宁看出欣鱼有心事，便不再开玩笑，"有事找我商量吧？"

"嗯，"欣鱼点点头，停顿了一下，说，"我最近在找房子，有可能会搬走！"

简宁突然感到一阵莫名的心慌，有一种说不出的感觉在身体里蔓延开来，"你要走？为什么？最近直播不顺利么？没人给你礼物么？"简宁一口气问了四个问题，欣鱼听出来他有些紧张。

"没有，我直播得还算顺利。"确实，自从疯人游戏以后，欣鱼在 PM 平台的知名度大增，来看欣鱼直播的粉丝也比以前多了。"就是小雨露的粉丝，好像和我较上劲了，昨天饭团还和他们大吵一架。"

"那为什么要走？我这里不是挺好吗？"

欣鱼冷冷地笑了一下，"你是不是谈恋爱了？我再住这里不方便吧。"

简宁沉默了。他也不知道和温蒂算不算是在谈恋爱。自从上次在楼下拥抱以后，两个人每隔几天会见一次，但并没有实质性进展。欣鱼看简宁不说话，便说："不说这个了，也不一定搬呢。我还没想好。"

简宁紧绷着脸，"没有合适的地方，你就住这里吧，我又不赶你走。"

"呵呵，我怕到时候女主人要赶我走。"

简宁点点头，扯开了话题，问道，"南少还缠着你么？"

"嗯，每天好多电话，我都不想接。他说他生意失败了，工厂被人给占了，机器设备都被拉走，银行天天打电话催债，还有一些债主天天堵在他家门口。我听听蛮可怜的。如果不是玩这个平台，而是安心做生意的话，也许不会这样。"

"这个和玩游戏没关系。不管做什么，后果都应该自己承担。"简宁冷漠地说，"他多大了？不是说三十出头了么，也是成年人了。"

"嗯，不过我答应和他见一面了。毕竟他也刷了这么多，而且对我一直挺好。"

"哦,什么时候见?"

"就这几天吧。他已经到上海来了,他说他来筹集资金,也许是来躲债的吧。"

"这么快?"简宁有些意外,"反正你要保护好你自己,知道么?"

欣鱼抬头看了简宁一眼,淡淡地说了句,"别对我这么温柔,我不习惯。对了,你好像今天也心事重重。"

"嗯,"简宁被欣鱼看穿了心思,"是关于入股 PM 公司的事情。"

"不顺利吗? 要不要我给你借一点点运气啊?"欣鱼笑了。

简宁忙摆了摆手,"不用,不用! 不是运气的事情。"于是简宁把早上东屏的计划告诉了欣鱼。欣鱼瞪大了眼睛,"这也可以吗? 你们老板会不会杀了你们。"

简宁心想哪里会有那么夸张。赵先毕竟是有身价的人,不会做出这么极端的事情。"我还没答应呢。如果是你,你会同意么?"简宁问欣鱼。

"我? 我是想做什么就做什么的,反正只要不后悔就行。如果万一失败了,你不后悔的话,就去做吧。"欣鱼有鼓励他去做的意思。

同时简宁发现,欣鱼和东屏似乎是同一类人。简宁做事情,习惯于先考虑最坏的结果。而东屏则不同,只要有一些获胜的可能,就会去努力尝试。欣鱼也有类似的潜质。如果用打仗来形容的话,东屏擅长进攻,而简宁擅长防守,因此如果说在创先集团,两个人是最合适的工作伙伴,一点都没有夸大其词。

如果项目失败了,大不了重新去找工作。养活自己还是行的吧,简宁在心中对自己说。但是赵先对自己不薄,而且集团发展也一直很好,没有一点点破落的迹象。如果就这样在创先集团做下去,每年上百万的收入应该没问题。该如何抉择呢?

简宁一宿未眠。

（十六）
抉　择

　　两天后的晚上，简宁约了东屏在静安区胶州路上的一家红酒吧见面。这个酒吧地方不大，推开铜门进去，酒吧的左侧有一整墙壁的木质酒柜，层层叠叠几百个"单间"，其中陈列着几百种来自各个国家各个款式的酒。酒柜的上方有十几个射灯照射下来，黄色的灯光令这些琼浆玉液显得格外晶莹剔透。吧间后面的墙壁上挂满了法国塞纳河和埃菲尔铁塔的照片，让人感觉到一种异国风情。

　　酒吧的另一侧墙壁上，则挂着一幅上海地图的抽象画，画面中间的三个环，代表着上海最重要的三个交通网络：内环、中环和外环。抽象画下面，则贴着密密麻麻的黄色贴纸，上面都是以前客人写下的留言。东屏随便挑了一张，饶有兴趣地念了起来：

　　"法国队必胜，输了我就去吃屎。"这大概是世界杯期间法国队的球迷写的。在这张纸条的下方还贴着另外一张，"好吃吗？德国万岁！"应该是德国队的球迷写的。

"我上次还看到一张，"简宁说道，"写着'昨天我的照片登报了，庆祝一下！'结果旁边有一张，写着'是寻人启事吗？'鬼才都是在人间的！"

　　东屏哈哈笑了。简宁点了一瓶法国干红，配了芝士拼盘，两人坐下边喝边聊起来。

　　"兄弟，你考虑得怎么样了？不会让我失望吧？"东屏切入了主题。

　　简宁慢慢地摇晃着手中的酒杯，红色的液体在杯中轻柔地旋转着。东屏看到简宁的视线越过了自己肩膀的上方，注视着身后。于是转过头，看到墙壁上的那幅抽象画。

　　"你看那三个环。"简宁突然说道。

　　"嗯？"

　　"上海其实是一个很公平的地方。"简宁悠悠地说道，"上海人可以不努力，凭着祖上所积下的阴德，住在内环内的老公房里。而老公房会被动迁，虽然可以拿到一笔钱，但会被迁到中环，或者外环。如果再不努力，可能下一辈就要搬到外环外。"

　　"而被拆迁的地方，会盖起各式各样的豪华小区，给来自全国各地的有钱人住。当然，努力的上海人，可以继续住在内环内，甚至移民到国外。"

　　东屏点点头，似乎有点明白简宁的意思了。"而外地人到了上海，为了生存，可能会先穷尽积蓄，在外环买一个小房子。但是随着岁月的积累、收入的提高，他们可以买进中环，甚至是内环。"简宁继续说道。

"所以，某种意义上而言，上海是个完全公平的地方，这种公平不是在一代人，而是在两代人、三代人身上体现出来的。这也是我深爱着这个地方的一个理由。"

这时候，简宁的手机突然响了，原来是温蒂发过来的一条短信，"明晚看电影别忘了哦！"简宁这才想起来，自己一直说想看《变形金刚4》，温蒂便去买了明晚的电影票。但是简宁已经把这个事情忘到九霄云外了。简宁赶快把这个日程输入到手机的日历里面。

"那你的决定是？"等简宁手机日程输入完，东屏按捺不住，直接问道。

昏暗的灯光下，简宁的眼神异常地坚定。"你那个事情可以做，不过我是有条件的。"简宁一个字一个字地说了出来。

"条件都好谈。"

"呵呵，条件肯定是公平的，但没有谈的余地。"

"你说吧。"

简宁举起酒杯，慢慢地喝了一口。"PM公司的估值，我有把握谈到2.5个亿，也就是说，20%的股权对应的价格是5000万左右。"

东屏有些出乎意外，"你肯定？"

"你要相信我有这个能力。不过，你们不是要给我价值300万的干股么？我的条件是，我另外出700万，凑成1000万。这样，我占4%的股权，你们占16%。"

东屏显然对简宁能够支付这么大一笔钱很是震惊，欲言又止。他仔细地端详了简宁好一会儿，突然笑了，"看来你手上的扑克牌已经不少了么。"

简宁也笑了，"这你不用管。反正我们要做的是有风险的事情，要赌的话，就赌得大一些。我出钱的话，你们不是更放心吗？"

东屏端起了酒杯，简宁也端起了酒杯，酒杯的碰击声清脆悦耳。

第二天下午，简宁和周律师坐在贺天的办公室，商量下一步的安排。"贺总您放心，律师尽职调查这方面我们很专业。我们是商业律师，会尽可能让交易双方达成双赢的结果，不会为了特别显示自己的专业水准，而有意阻挠交易。所以，您大可以打消顾虑。当然，我们的出发点，肯定是站在我们委托方的立场上，这一点也请您理解。"周律师向贺天说明道，"并且，在调查之前，我们会与 PM 公司签署一个《保密协议》，以保证我们所获取的信息不对外泄露，这一点也请放心。"

贺天点点头，表示理解，"有什么需要配合的，尽管和我们说，但是时间一定要提前。如果有些资料今天说明天就要的话，这个就很为难了……"

"这个当然没问题。签署《保密协议》以后，我们会给 PM 公司 EMAIL 一个尽职调查清单，上面会有 PM 公司需要准备的文件资料。等您这里准备完毕之后，我们就可以进场了。"

"嗯，这就好，我也喜欢明明白白做事情的，"贺天微笑着说，"陆总，会计师也一起进场吗？"

今天创先集团的会计师事务所主任有急事未能出席，简宁心里多少有些不愉快。但是听说是被赵先临时找过去商量事情，简宁也没有办法。"贺总，据我所知，会计师方面也会给您这里发一个会计调查的清单。如果您这里方便的话，我可以让他们一起进场。周律师和他们也都很熟，合作很多年了，应该没问题。"

"嗯，这个完全理解，"贺天回应道，"我们这个平台是24小时运作的，周末也有人在管理，所以如果真的在非常紧急的情况下，我们也可以加急准备相应的资料。"

"我们尽可能不会给贵公司添麻烦的，我想会计师那里也不会，请贺总放心。"周律师微笑着说道。

正说着，简宁的手机跳了一下。简宁看了一眼，欣鱼发过来一条微信，是语音的。简宁觉得奇怪，欣鱼从未给自己发过微信信息，偶尔有事也是短消息，怎么会用微信。然后突然想起来，欣鱼今天是去见南少了。

"不好意思，我上个洗手间，你们继续谈。"简宁打了个招呼，便起身出去了。走到洗手间门口，简宁赶快点开微信，就听到欣鱼急促的声音："救我，我在嘉定这里，有个牌子写着'名波'物流。"

简宁的心一下子悬了起来，感到全身的血液加速。南少准备干什么？他不会对欣鱼施暴吧！简宁立刻冲回办公室，贺天和周律师看到简宁掩饰不住的慌张神色，很是吃惊。

"陆总，怎么了？"贺天问道。

"贺总，我家里出了点事情。周律师，不好意思，我必须马上赶回去，这里就交给你了。"

"没事的，赶快去吧！"贺天和周律师同时说道。简宁拿起包，点头示意了一下抱歉，便三步并作两步快步走了出去。

一上车，简宁就告诉自己必须冷静下来。报警么？欣鱼她在哪里都不知道，没办法出警的，而且公安部门肯定要简宁先去做报案笔录，这样时间都拖没了。冷静，必须冷静。简宁深吸了一口气，拨通了东屏的电话："兄弟，有急事！"

"我这里有客人啊！"东屏吓了一大跳。

"人命关天，你得马上帮我。"简宁的语气生硬。东屏赶快跑到外面，"我出来了，你说，什么事情？"

"你和老胡联系下，我要五六个人，马上要，去嘉定。"老胡是一家专业讨债公司的老板，和创先集团有常年的业务联系。东屏的小额贷款公司如果有账款不能及时回收，也会通过老胡这里处理解决。

"马上要，估计老胡这里要收加急费用的。要几天？"

"就今天一天，我出一万，越快越好。你和老胡说，万一要动手，一切费用和后果我来承担。"

东屏听出事态的严重性了，"你可别乱来哦。嘉定哪里碰头？"

"暂时不知道，让他们先往嘉定赶，先去马陆镇吧。让他们带头的打我手机。我现在也在往那里赶！"

"好，安排好我也会联系你。兄弟，到底是什么事情？"

简宁犹豫了一下，"是欣鱼，她可能被绑架了。"

与东屏通完电话，简宁立刻打电话给左源。"左源，让公司所有的人手头上的事情停下来，帮我调查一个事情。"

"老板，您说。"

"查一下，嘉定有没有一家叫'名波'物流的公司，'名波'哪两个字我不清楚，只知道这么读。你们每个同音词都必须排查一下。查到之后，把它的地址告诉我。"

左源吸了一口气，"那您什么时候要？"

"越快越好！查清楚的人，这个月绩效奖多发两千元。"简宁命令道。

一路上简宁风驰电掣，油门最高时踩到了两百多码。在中环转上沪嘉高速的时候，东屏的电话进来了，"老胡说好了。他够义气，给你安排了八个人，两辆车，车牌号我一会儿发你手机上。带头的一会儿也会把手机号发给你。费用老胡说，不出事的话，八千就够了，一人一千。"

"替我谢谢他，东屏你和他说一声，这个人情我欠他了。"

"嗯，他们先去马陆了，会在高速马陆出口的地方和你会合。如果你先到，你等他们一下。"

"我知道，谢了！"

挂完电话没多久，左源的电话进来了，"老板，查了一下，可能是明波物流。明是明天的明，波是波浪的波。"

"嗯，在嘉定哪里的？"

"在嘉定南翔镇的。地址我马上短消息发给您，地图图片我也会发到您微信上。"左源做事情，果然很让人安心。

简宁瞄了一眼，南翔出口只有一公里了，还好左源的电话及时，要是开过出口就麻烦了。"左源，你马上和许东屏副总裁联系下，把地址告诉他，让他把人直接派到明波物流公司去。我开车联系不方便。"

"明白，马上办。"

下了南翔高速出口，简宁赶忙打开手机看短消息。明波物流的地址不远，简宁依稀记得那是一个货运集散中心。原先那里有很多工厂，大多是专业生产服装辅料的。后来这个行业没落了，原先的老板们就把空置厂房出租给运输公司，慢慢形成了一个货物运输集散地。

简宁慢慢地开着车，仔细地搜寻着道路两边是否有明波物流的牌子。欣鱼一定是看到过这两个字，才能告诉简宁。但让简宁意外的是，这条马路意外地冷清，很多工厂的墙壁上都写着一个大大的"拆"字。简宁明白了，南翔是嘉定最靠近上海市区的一个镇，以前虽然比较偏僻，但现在也属于嘉定最好的地段了，并且地铁也通了。估计这里的旧厂房都要被拆除，将来可能改造成商用设施。

终于在靠近路的尽头一个旧厂区的大门入口，简宁发现厂房外围的墙壁上写着"明波物流，专营上海到济南"的字样。应该是这里了。简宁赶快把车停好，弓着身贴着墙壁慢慢地走了进去。

走了几百米以后，简宁突然看到厂区内有一个很大的空地。空地上堆放着一些已经不成形状的废弃货架，显然是原来的运输公司不要的。货架的旁边，还堆着一些腐朽的枯木。

在空地的远端，简宁突然看到了三男一女的身影。女的穿着一身黑色的衣服，蹲在地上抽泣，正是欣鱼。而在她身边，两个看上去20多岁的男人正在向她大声地说着话。其中一个穿着蓝色衬衫、褐色长裤，手上挥舞着一张白纸。另外一个男人，则只穿着背心和沙滩裤，肩膀露在外面，上面绣着纹身，看不清楚什么图案。而他的手上，拿着一根木棍，正朝着欣鱼指指点点。在不远处，一个看上去30岁左右的男人，穿着红色T恤，正抽着烟，眉头紧锁。

简宁担心纹身男要伤害欣鱼，大叫一声："你们想干什么！"便冲了过去。三人听到简宁的喊声，齐身转向简宁。简宁跑到一半，顺手从地上抄起了一根腐木。纹身男也提着木棍向他冲了过来。

两人相距不过数米时，纹身男一棍子向简宁挥了过来。简宁慌忙用手上的腐木格挡，只听"吧嗒"一声，简宁手上的腐木应声而断。简宁顿时有种武状元苏乞儿在比武场上被阴了的感觉。只见纹身男又一棍子横扫过来，简宁侧身躲过一击，然后用手臂内侧顺势夹住了木棍，抬脚便向纹身男踢去。纹身男往后躲闪，但手仍紧紧抓住木棍。简宁也顾不得江湖道义了，一口口水吐在纹身男脸上。纹身男慌忙用手去擦，简宁便把棍子抢了过来。

正在简宁准备对纹身男"以彼之道还施彼身"的时候，突然感到背上一阵疼痛。原来是衬衫男捡起了砖头偷袭，砸在简宁的背上。简宁一下子觉得自己的怒气槽满值了，可以随时施展奥义。衬衫男和抽烟男看到木棍被夺，也冲了过来。

此时欣鱼仍旧蹲在地上，简宁大声叫道，"快跑啊！"欣鱼一下子醒悟过来，撒腿就往大门处跑去。抽烟男看到了，便转向去追欣鱼。此时衬衫男已经近身，和纹身男从左右两侧包围了简宁。简宁情急之下，对纹身男的身后大喝一声："快砸他脑袋。"纹身男以为身后有人，本能地缩了一下头往斜后方看去。简宁趁机一棍子扫在他膝盖上，纹身男痛得抱膝倒地哇哇大叫，心里直骂简宁卑鄙无耻。简宁回过身，衬衫男一拳头砸在了简宁下颚上，简宁顿时觉得自己半边脸麻木了，好像还有牙齿被打碎了，本能地把木棍捅了出去，正好捅在衬衫男的肚子上。衬衫男抱着肚子蹲了下来。

此时抽烟男已经追上了欣鱼，正在撕扯欣鱼的衣服，而欣鱼一边全力反抗，一边大声喊着"救命！"抽烟男只能用一只手扣住欣鱼的手臂，一只手去捂住欣鱼的嘴。简宁顾不得那两人，急忙冲了过来，"快放开她！"简宁喊道，"你是南少吧！"

抽烟男一惊，问道，"你怎么知道？"等于是变相地承认了，然后又问，"你是谁？"

"记住咯，爷爷就是北少！"简宁信口开河，然后趁南少吃惊的一瞬间，跳起来一棍子抡下去，正好砸在南少的肩膀上，南少痛得用手捂住肩，半蹲了下来。"快跑！"简宁吼道。欣鱼又起身向外跑去。

此时纹身男忍住膝盖的疼痛，从地上捡起一块腐木，跑过来从侧面一下子砸在了简宁的脑袋上。简宁顿时觉得脑袋里"嗡"地一声，然后仿佛有无数苍蝇在头顶盘旋，一股温暖的液体从眉间上方流了下来，模糊了双眼。但与此同时，

上海不相信爱情（第一部）

简宁隐隐约约地看到了，有几个彪形大汉正从远处向自己跑来。伴随着耳边欣鱼的尖叫声，简宁渐渐失去了意识。

（十七）
夜 色

仿佛做了一个时间很长的梦。梦里简宁一个人静静地坐在一个硕大的电影院里，看着一部黑白电影。感觉那是一个战火纷飞的年代，城市的街道上只看到一片废墟，破墙断瓦，残垣盖地，一片萧索的景象。电影的男主人公转过脸来，竟然是简宁自己，于是简宁的魂魄便从影院座位上的观影者飞入了电影之中。奔跑，所有人都在奔跑，像是在躲避着什么，又像是在追逐着什么。简宁感到一丝恐惧，但又感到些许兴奋，也开始奔跑起来。耳边传来了枪声、爆炸声、尖叫声、哭泣声。烟雾弥漫，简宁努力地向前奔跑，但感觉怎么跑也跑不出去，身边的人则越跑越远。突然之间，有一座巨大的黑色墙壁，向简宁头上压了下来。

简宁一声冷汗，努力地睁开眼。眼缝之中，迷迷糊糊地看到有一个黑色手掌在面前晃动。"醒了、醒了！"一个女人的声音激动地叫道。一个身穿着白色大褂、戴着口罩的男医生站在简宁面前，伸出两根手指："这是几？"

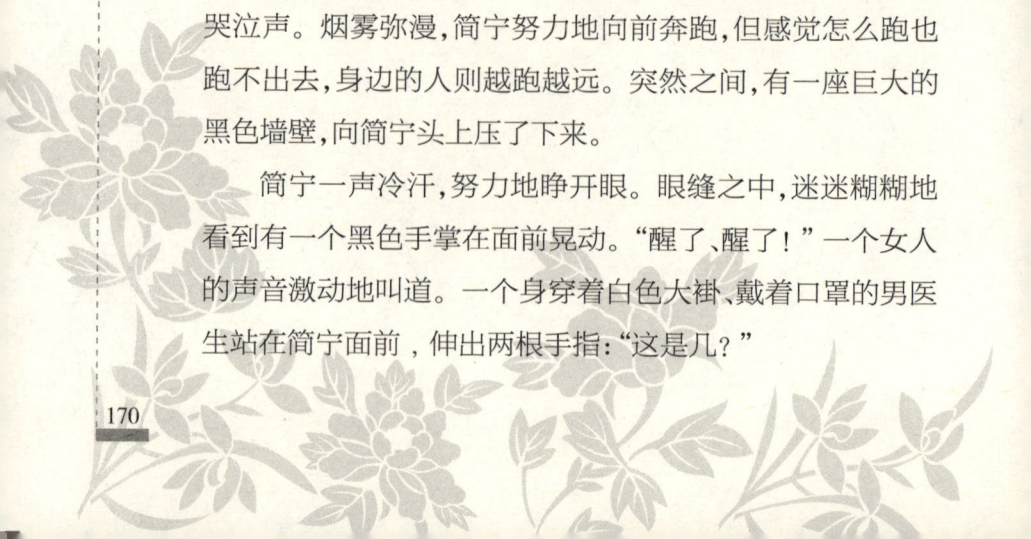

"二。"简宁有些茫然。

医生又伸出四根手指,"这又是几?"

简宁有些回过神来了,"四啊!我怎么在这里,是医院吗?"

"嗯,吓死我了!"欣鱼欣喜地说道,"他们一路把你抬过来的,我看你神志不清,还以为你要变成痴呆了呢?"

"痴呆了你养我伐啦?"简宁白了欣鱼一眼。欣鱼听简宁的口气恢复了正常,长长地舒了一口气。

"头上肿起来的地方还是要处理一下的。"医生很严肃地说。

"要不要做个CT啊?"欣鱼自作主张地问道。

"做什么CT啊,这种辐射的东西随便做不好的,"简宁摆了摆手,"医生您帮我简单弄弄就成。"

等医生简单做了治疗后,欣鱼扶着简宁走出急诊室,在候诊区找了两个空座位坐了下来。"你命大呀,还好那块木头都腐烂透了,要是根棍子我以后就见不到你了,"欣鱼埋怨道,"你怎么这么傻,一个人就冲上来了?"

"我不是怕你被……"简宁故意拖了长音,给欣鱼一个暧昧的眼神,欣鱼慌忙低下头,"我是老了,要是年轻个十岁,早把他们三个打趴下了。"

"少逞强了!不过你带来的那帮人很厉害,把他们狠狠地教训了顿!"欣鱼说道。

简宁想起来,一定是老胡的人马及时赶到了。不过八对三也没什么可骄傲的,但愿不要出事就好。于是问道:"报警没有?"

"当然没有。反正打得蛮惨的，你的人还让他们老实点，顺便把南少他们的身份证给搜走了，说是如果他们下次敢乱来，还会给他们颜色看看。然后他们就把你抬过来了。"

"他们人呢？"简宁四处张望了下。

"一进急诊室，就全跑了，说是把你交给我了。"哦，毕竟是动了手，他们留在医院肯定不方便，改天再去谢谢老胡，简宁想道。

"对了，你怎么会被南少拖到那种地方的？"简宁一边问道，一边上下打量欣鱼。欣鱼知道他是在看自己有没有被欺负过，脸一红，低下头去，"说来话长。"

原来南少的工厂经营不善，欠了银行和民间高利贷许多钱。南少一方面为了躲债，另一方面为了筹措资金，便和他的弟弟也就是那个衬衫男到了上海，住在他们的表弟家。其间，南少与他的两个弟弟说了玩 PM 网站的事情，他的两个弟弟都觉得南少不值，投入了十几万，啥都没捞到。正好欣鱼答应和南少见面，于是他们两个也要求一起跟过去看看。

当天中午，欣鱼和南少约在嘉定区南翔镇的一家饭馆见面。南少看到欣鱼的时候，顿觉惊为天人。由于平时直播的时候，女主播都是坐着在视频前，因此粉丝们只能看到女主播的脸和上半身。而欣鱼的身材并不亚于脸蛋，本人反而比视频中更加吸引人。认识了之后，两人便找了个台子坐下来吃饭，而南少的两个弟弟则在饭馆的角落里也找了个台子坐下，远远地看着他们。

南少实际上是个挺老实的男人，打扮有点土，话也不多，而且说话的时候老是吞吞吐吐。欣鱼找了各种话题,始终带动不了饭局的气氛,觉得有点无趣。但是吃饭快结束的时候,南少鼓足勇气,突然向欣鱼表白,说是喜欢欣鱼很久,希望欣鱼能够嫁给他。

欣鱼大吃一惊,一点思想准备都没有,更何况自己还没有考虑过结婚的事情,便开了个玩笑应付了过去。南少也听出欣鱼拒绝的意思,便默不作声了。饭局就这样沉闷地结束了。

出了饭馆的门,欣鱼正准备和南少告别,南少的一个弟弟走了过来。"哥,我说她是耍你的吧!"说着就过来拉住欣鱼的手臂,"也不能白给这么多钱吧!"欣鱼正想挣扎,南少的另外一个弟弟开着一辆面包车冲了过来。车门一开,欣鱼就被车外的两人架到了车上。

"他们没怎么你吧?"简宁赶快问道。

"你看你脑子里老想着什么呀?!"欣鱼有些不高兴,"有什么我早报警了!他们把车开到了那个旧工厂门口,我看到门口墙上有'明波物流'几个字,就赶快给你发微信语音了,结果手机就被抢走了。"

"后来呢?"简宁继续问道。

"后来,南少的弟弟拿了一张纸头,非要我写欠条,说欠南少二十万。我怎么可能写,他给我刷礼物都没有那么多!不过南少倒挺老实,他弟弟很坏!"

"对啊,我记得他就刷了十几万给你啊!"简宁努力地想了想,看来脑子没有坏掉。

"他弟弟说还有几万是利息,他当给我放高利贷啊!"欣鱼愤愤不平。

简宁突然觉得南少的弟弟实在幽默,哈哈大笑起来。但当简宁笑得还没合上嘴,突然看到温蒂行色匆匆地走了过来,脸色一下变得很尴尬。

温蒂也看到了简宁,正准备上前打招呼询问伤情,转眼看到了坐在简宁旁边的欣鱼。女人的直觉,让温蒂停顿了脚步。简宁看到温蒂并没有看自己,而是直愣愣地看着欣鱼,心里觉得一紧,赶快说,"温蒂,你怎么来了?"

欣鱼一听,马上站了起来。温蒂的眼神始终没有离开过欣鱼,很不客气地说,"前面是你接的手机,对吧?"

简宁想起来,自己下车的时候,把手机遗忘在车上了。估计是老胡手下的人开自己的车把简宁和欣鱼带到了医院。那自己的手机现在应该在欣鱼手上。

"是的是的,温小姐!"欣鱼马上回应,"我就是陆总的秘书。"

原来欣鱼是冒充自己的秘书接的手机,简宁又是一滴汗在心里流了下来。温蒂知道自己的秘书刚刚辞职。果然,温蒂马上问道,"哦,你跟着陆简宁多久了?"

"她才来了两天。"简宁马上回答,生怕欣鱼说话说漏嘴,但突然又觉得好笑,其实自己和欣鱼之间又没什么。有时候,人撒谎并不是为了欺骗,而是不想让别人误会。

欣鱼被温蒂看得心里发毛,于是从口袋中掏出手机,递给简宁,"陆总,那我先走了。"然后低着头快步离开了。

温蒂看着欣鱼远去的背影,坐了下来,"你手机一直不接,我担心死了。后来你这个秘书接了手机,说你被人打了,我赶快过来了。今天电影是看不成了。"温蒂说道。简宁想起来了,本来两人是约好看《变形金刚4》的。

　　"不好意思,临时出了点事情。公司有些钱到期没收回来,本来是约好商谈还钱的,结果没想到动了手……"简宁随便编了个故事,但他注意到,温蒂并没有在听,而且也没问自己的伤情。

　　"你,你在想什么?"简宁小心翼翼地问道。

　　温蒂突然转过脸来,盯着简宁的眼睛,狠狠地说:"你这秘书啊,太漂亮了点!"

　　送完温蒂,简宁回到家已经是凌晨快两点了。打开房门,客厅里一片漆黑。简宁想欣鱼可能已经睡了,便轻手轻脚地往自己的卧室走去,却听见黑暗中有人慢慢地说道,"你回来了?"是欣鱼的声音。

　　"你还没睡啊,"说着简宁就准备去开灯,但听到欣鱼说,"别开客厅的灯,刺眼! 开厨房的吧。"

　　光线从厨房的磨砂玻璃门后映射出来,整个客厅显得十分昏暗。简宁看到,客厅中央的茶几上放着一瓶红酒,两个酒杯。一个酒杯是空的,还有一个酒杯是半满。而欣鱼正穿着睡衣,半躺在沙发榻上,脸色微红,显然已经喝了一些。"正等你回来陪我喝呢?"欣鱼的声音慵懒而性感。

　　简宁没有回答,而是直接回了主卧室换了身睡衣,走了出来。"今天发生那么多事情,不早点休息吗?"

欣鱼拿起那个半满的酒杯,晃了晃,"睡不着啊。"

整个晚上,温蒂都给简宁脸色看,简宁心里非常不爽,于是拿起那个空杯子,也倒了一杯,一饮而尽,接着又倒了一杯。"陪你喝会儿吧。"

两人沉默了一会儿,又各自喝了一杯。简宁打破气氛,"还在为南少的事情生气么?"

欣鱼摇了摇头,"没有,都过去了。"

"哦。"

"我只是在想,做主播到底可以做多久?"

简宁点点头,"你也确实要为自己的将来打算一下了,这个毕竟也是吃青春饭的。你没考虑过找个人结婚么?"

欣鱼叹了一口气,突然说了句,"哪有那么容易啊。"

"不会吧,你不是有很多粉丝吗?挑一个喜欢的。"简宁也知道自己的话不太靠谱。欣鱼笑了笑,看着简宁的眼睛,"千万别和还在做主播的女人谈恋爱。"

"为什么?"简宁很好奇。

"因为她们最在意的始终还是不断给自己刷礼物的人。就像你说过的,这就是一个用钱刷出依赖感的游戏。"欣鱼垂下眼睛,慢慢地说道。

简宁不知道该如何把话接下去,想起另外一件事情来,便说,"其实你可以在这里继续租下去的。"

"你不怕温蒂吃醋吗?"欣鱼咯咯地笑了起来。

"我和她还不知道将来怎样呢。"简宁摇了摇头。

欣鱼看着简宁,简宁感到她的眼神里闪耀着异样的光芒。欣鱼慢慢地靠了过来,简宁突然感觉全身紧张起来,慌忙把视线移开。欣鱼发觉了简宁的紧张,觉得有些好笑,突然问道,"如果有一天我欺骗了你,你会原谅我吗?"

简宁眉头一皱,好突兀的问题。但是他被欣鱼有些不屑的表情激怒,于是咧着嘴说,"你要是欺骗了我,我就把你剥光了吊起来抽一顿!"

"你敢吗?"

两个人面对面地注视了十几秒,空气里弥散着红酒独有的淡雅的香气。简宁突然伸出手去搂欣鱼的腰,欣鱼立刻后仰躲开。但简宁顺势扑了上去,压在欣鱼的身上,想去强吻欣鱼。但欣鱼两只手架在胸前,身体不断扭动,躲开了简宁的攻击。简宁于是想要扳开欣鱼的双手,但欣鱼不断地挣扎,只听见"砰"地一声,玻璃酒杯掉在地板上碎了。两人瞬间停住了,简宁骑在欣鱼的身上,用两只手牢牢地压住欣鱼的两只手,低头看着欣鱼笑着说,"你说我敢不敢?"

欣鱼抬起头,嘴角流露着挑衅地微笑,"你想跟我玩玩,还是认真的?"

简宁想也没想就回答道,"不知道,但今晚我要你做我的王妃!"

"你还挺直接的,不过我喜欢!"欣鱼看着简宁发亮的眼神,闭上眼睛,放弃抵抗,主动吻了上去。但简宁避开了欣鱼的双唇,低头轻轻地咬住了欣鱼的耳垂,轻声说道,"今夜,我会带你一路狂奔。"

为了接近更真实的我们,一路狂奔。

登 顶

清晨，一缕阳光从轻薄的纱窗帘中渗透进来，温柔地洒在简宁的脸上。简宁伸了一个懒腰，睁开双眼，顺手向左边搂了过去。但是，旁边空空如也，欣鱼并没有在身边。这么早起床，是在做早饭吧？于是简宁穿上睡衣，走出卧室，向厨房寻了过去。

厨房里也没有欣鱼的身影，简宁又在其他房间找了一下，依旧没有看到欣鱼。简宁有点心慌，去买早饭了么？但是随即看到餐桌上有一张用玻璃杯压着的纸条："出去散心几天，勿念，勿扰，欣鱼留！"

简宁心里忽然有股说不出来的滋味，莫名地伤感起来。随后几天欣鱼都没有回家，也没有上线直播。简宁给她打了几个电话，欣鱼都没有接。她是怎么了，简宁完全搞不懂欣鱼在想点什么。不过，她的东西都在，应该会回来的吧，简宁只能这样安慰自己。

到了周日的晚上，简宁登录了 PM 平台，习惯性地点开

上海不相信爱情（第一部）

了欣鱼的直播间,竟然意外地发现了欣鱼正在直播。而欣鱼的房间背景,则是一个完全陌生的地方。简宁心头一紧,给欣鱼私聊过去:你这是在哪里直播啊?

欣鱼回了一条,"在小姐妹家呢。"

简宁有些怀疑,又发了条消息,"怎么突然不理我了?"

"没有不理你啊,我出去玩了几天,手机没听到。"欣鱼面无表情地回道。显然是睁眼说瞎话,如果是没听到,为什么不给我回打过来?简宁这么想。

此时直播间里一片嘈杂,有几个小雨露的粉丝在欣鱼的直播间捣乱,和饭团他们吵了起来。简宁往右边一看,南少、北少都不在,但是开路先锋居然在。这个人神出鬼没的,上线时间完全不稳定,有时候要间距个三四天才来一次。简宁本想和欣鱼再说两句,但看到欣鱼面带凝重的表情在飞速打字,估计她在和别人聊天,于是就不打扰她了。

直播间里越吵越凶,简宁看到欣鱼的脸色变得越来越难看,连背景音乐都不放了。而小雨露的粉丝,竟然开始在全PM平台用小喇叭刷公告的方式,嘲笑欣鱼。

实在太过分了!简宁也生气了,准备开骂。突然听到耳机里一个并不陌生的古典音乐声响起,一个穿红色衣服的小女孩再次出现。"开路先锋送给月光女神1个万物生"的字样,在全PM平台滚动屏上飘过。

又是一万元人民币!简宁有些吃惊。确实,对于主播最好的支持,并不是和对方的敌对粉丝对骂,而是用最贵的礼物,让全PM平台的玩家都知道主播的重要性。这对于主播来说，是一件非常有面子的事情。

欣鱼的粉丝们纷纷打出了给力、鼓掌的表情图标，还有人不断刷着"开路爷威武霸气"的字样。而小雨露的粉丝们，则继续带着嘲讽的口气，讽刺着欣鱼，还顺便把开路先锋也一起带了进去。"哟，大款嘛，有钱就泡这样水平的主播啊！""肯定是个又老又丑的，不过月光女神也就喜欢这样的老男人。"

几分钟以后，简宁看到 PM 平台的全屏公告中，飘过又一行字，"雨露保护团 – 小明 送给 小雨露 1 个万物生"。简宁不清楚小雨露直播间的情况，但猜到估计是小明看到开路先锋送给欣鱼一个万物生之后，为了给小雨露撑面子，也让小雨露用万物生飘了一次全屏公告。

这下反过来了。来捣乱的小雨露的粉丝们，纷纷打出了"明哥给力""明哥最牛"的字样，还有的说"开路先锋只配给明哥提鞋！"而欣鱼的粉丝们，则开始用小雨露粉丝们之前的话回击，"听说小明 70 多岁了，应该是老明了吧。"饭团则在下面打字道，"欣鱼比小雨露漂亮一万倍。"

简宁看着觉得非常好笑，觉得有些无聊。不过这世上无聊的人确实多，不然 PM 公司怎么可以生存下去。正想着，古典音乐再次响起，红衣女孩又一次出现，"开路先锋力挺月光 送给月光女神 2 个万物生"。

这次简宁真的震惊了！一下子出手两个万物生，也就等于一次送了两万的礼物给了欣鱼。这个开路先锋的实力真是深不可测啊。而且"开路先锋"已经把名字也改成了"开路先锋力挺月光"，看样子是要和对方死磕到底了。

欣鱼的直播间瞬间疯狂了。小雨露的粉丝们开始不说话了，而欣鱼的粉丝们则一片得意洋洋。这就叫用实力震住对方吧。但是，简宁注意到，欣鱼的表情却是有些尴尬，好像并不是特别高兴的样子。她也不说话，而是继续飞快地打字。简宁意识到，她一直在和开路先锋说话。

直播间的人气一直在高涨，已经超过四万人了。这时候东屏也冲了进来，发了一条私聊给简宁："开路先锋疯了吗？我看他是没开路，人先疯了！"

"人家有钱没地方烧。"简宁有些嫉妒地回答道。

"我刚才看了，万物生的周星打平了，3:3！"东屏回了一条过来。原来在此之前，小明本周已经送给过小雨露两个万物生了，加上今天这个是三个，正好和今天开路先锋送给欣鱼的数量持平。

正说着，一条全平台公告再次引爆了直播间的气氛，"雨露保护团 – 小明送给小雨露 2 个万物生"。小明也是两个万物生出手，今天是要神豪对决的节奏么？直播间里到处都是起哄的："开路爷再来两个！""开路爷，快给小明点颜色看看！"

但不管其他玩家怎么起哄，开路先锋始终没有出手。欣鱼则开始说话，"大家不要闹了，我没有想要过那么贵的礼物。开路先锋你不要再送了。开路先锋你想要听什么歌，我唱给你听。"

开路先锋仍旧没有在聊天栏里说话，似乎其他玩家就和他完全没有关系。这时候，画面上欣鱼突然消失了，而是跳出了"视频正在连接"的字样。而全平台公告上，一行巨幅大字飘过，"万物生抢星大赛马上开始！"简宁立刻点击了进去。

一进比赛直播间，一个熟悉的嘶哑的声音立刻从耳机中传了出来，"各位玩家，大家晚上好！我是主持人龙哥。刚才大家也看到了，本周的万物生周星竞争得非常激烈。而自从有万物生这个礼物以来，万物生的周星一直属于 PM 平台的第一女主播小雨露。而她的背后，有着庞大的雨露保护团的粉丝们，以及一个无条件守护小雨露长达几个月的神豪级玩家、PM 平台第一人小明的支持。而就在刚才，PM 平台的后起之秀月光女神，以及在上次疯人游戏大赛中一鸣惊人的开路先锋，向小雨露和小明的王座发起了挑战。"

"因此，我们 PM 平台临时决定，在今晚加开一场特别的疯人游戏，万物生对决。对决的双方，就是小雨露和月光女神。今天所有在线的玩家有福了，这一定是一场铭记史册的比赛。一会儿，我们的工作人员将会临时调整全平台公告的规则，只有送给主播万物生这个礼物，才可以在全平台公告上出现，而其他礼物则不会在全平台公告上显示。现在，比赛的双方都已经连接视频进场了。"

简宁看到，画面一分为二，小雨露和欣鱼分别坐在视频的两侧。小雨露面露自信的微笑，和自己的粉丝团成员打着招呼。而欣鱼仍旧一言不发地在打字。简宁瞄了一眼比赛直播间的人数，已经超过十五万人了。"大家稍安勿躁。我刚刚听说月光女神不愿意参赛，我们的工作人员正在沟通。"龙哥解释道，"但是，我相信，月光女神一定不会让我们失望的。好了，支持小雨露的粉丝们可以点击专属粉丝座席区了。不过要注意，今天的比赛只能刷万物生，所以落座的粉丝们先要考虑好自己的钱包能否承受哦。"

这句话明显是在刺激大家。雨露保护团－小明第一个进入了小雨露的专属粉丝区，聊天栏里一片叫好之声。过了几分钟后，雨露保护团－空心、雨露保护团－亮亮、雨露保护团－老狼也坐进了小雨露的专属粉丝区。简宁一看，两个皇帝号一个诸侯号，都是至少土豪级别的玩家。

欣鱼这里仍然是不为所动，而开路先锋仍旧挂在观众粉丝区。龙哥有点着急，开始直接刺激欣鱼，"月光女神，这可是千载难逢的时刻啊！的确，如果你参加比赛，有可能会输；但是你逃跑，却只能苟且偷生，日复一日、年复一年，直到年华老去。当你即将寿终正寝的时候，你是否会想，用这么多年苟且偷生的时间，去换一个机会，唯一的一个机会，重新站在这个战场上证明自己！"

简宁听听有点耳熟，想起来这是电影《勇敢的心》里面男主角用来刺激装备落后的苏格兰战士去送死的台词。这个龙哥，真是无所不用其极啊！

龙哥想了想，又开始刺激开路先锋，"开路爷，今晚是让月光女神带着荣耀站在这个绚丽的舞台上，还是让她带着羞愧和懊恼离开，就完全看你的了！你愿意用这个机会展现你全部的爱么？请勇敢地坐进专属粉丝区吧，全 PM 平台排名第一粉丝团的雨露保护团正在等着你！来，让我们放首歌送给开路爷！"

于是，《像男人一样去战斗》的歌声再次响起。又是老一套，简宁心想，开路先锋不会也上当吧。

又过了一会儿，简宁看到欣鱼在聊天栏中打出了"OK"的字样。开路先锋同时坐进了欣鱼专属粉丝区。比赛直播间一片欢腾。龙哥很是得意，嘶吼道，"月光女神应战了。这需要多大的勇气啊！还有我们的开路爷，完全不惧怕雨露粉丝团的超级土豪们。我和大家一样，非常期待这场比赛的结果！"

说话间，又一个让大家惊讶的名字出现了在小雨露专属粉丝区：习惯有妮！比赛直播间内又是一片惊叹！简宁想起来，习惯有妮就是疯人游戏大赛第二场以一人之力力挑对方全部粉丝的超级土豪。他怎么也下场了？简宁瞬间想通了，万物生大战有点类似于武侠小说里的华山论剑，只有一等一的高手，才有能力和资格站在这里。也许习惯有妮支持的主播并不是小雨露，但他绝对不会错过这样一个证明自己的舞台。

随即，又有几个全 PM 平台排名前十的玩家，坐进了小雨露专属粉丝区。看来大家都是一个想法。其他排名前十的玩家估计不在线，否则应该也会参战。简宁很是担心，土豪们都喜欢扎堆，而且他们看来以前都是互相比较熟悉，因此抱团参战。

此时，小雨露的专属粉丝区，已经坐着近十个神豪级玩家。而欣鱼这边，却只有开路先锋一个人。简宁想到，集团允许他使用的两万元游戏补贴还尚未用过，因此也毫不犹豫地点击进入了欣鱼的专属粉丝区。

"哇！只有3级的玩家号，也敢参战！朋友们，让我们为'月老随便逛逛'的勇气鼓掌吧！我想起来了，上次疯人游戏，他也是支持月光女神的，而且还送了爱的火山。这次他会有什么惊人的表现呢?！"龙哥介绍道。

"你也下来！"简宁给东屏发了条私聊。

"两万元我已经花玩了，兄弟，哥们不能帮你了！"东屏回道，"我在精神上永远支持你！"

简宁有些无奈。龙哥继续说道，"周星计算的截止时间，是今晚的十二点。在此之前刷给两位主播的万物生，都将统计在内。目前，小雨露以5:3暂时领先月光女神。请工作人员把数字添加在两位主播的画面下方。好，现在是北京时间晚上十一点二十分，PM平台第一次，也可能是唯一一次的万物生抢星大赛正式开始。"

龙哥说完，比赛直播间却异常地平静。简宁以为对方上手会再刷几个万物生来震住开路先锋，但是并没有人刷。也许是大家都没玩过这样的抢星大赛，因此五分钟后，画面仍旧定格在5:3的比分。

龙哥也有些意外，便说道："这样吧，我们让两位主播各唱一首歌，来为她们各自的粉丝们鼓鼓劲。小雨露你先来吧。"

小雨露点了下头，梳理了下头发，微笑着说："谢谢大家支持我,大家想听什么歌啊?"聊天室里顿时出现了各种歌曲的名字,但最多的是《玲珑塔》,其次是《小蛮腰》。龙哥赶快说,"《小蛮腰》是不可以唱的,小雨露你就唱一首《玲珑塔》吧!"

音乐响起。《玲珑塔》是一首中国 RAP 歌曲,歌词有点像相声里的绕口令,需要主播对歌曲非常熟悉,并且有深厚的饶舌功力。简宁只听到:

玲珑塔,塔玲珑,玲珑宝塔第一层。

一张高桌四条腿儿,一个和尚一本经。

……

然后又是:

玲珑塔,塔玲珑,接过了二层数三层。

三张高桌十二张腿儿,三个和尚三本经。

……

然后依次数上去,一直要数到十三层。很长的一首快歌,小雨露居然没有一个停顿或者错误,果然第一女主播不是盖的。比赛直播间的气氛也被完全带动了起来,等到小雨露数到玲珑塔第十一层的时候,古典音乐声响起,红衣女孩出现了。

"雨露保护团 – 小明 送给 小雨露 5 个万物生"。

直播间里一片膜拜之声。随后,"雨露保护团 – 空心送给小雨露 2 个万物生""雨露保护团 – 亮亮送给小雨露 1 个万物生""雨露保护团 – 老狼送给小雨露 1 个万物生"依次出现在 PM 全平台公告上。

等小雨露唱完，龙哥的声音再次响起："九个万物生，这就是 PM 平台第一粉丝团雨露保护团给我们大家展示的实力。来，工作人员统计一下，现在小雨露已经得到了十四个万物生。现在距离比赛时间结束还有二十五分钟，开路爷你想怎么对应呢。说句话吧，我还没看到过开路爷说过话呢？"

简宁看到，比分被改写为了 14:3。接着，简宁看到开路先锋在聊天栏里打出几个字，足以震撼全场的几个字："就这点吗？"

"哇哦，开路爷发话了，雨露保护团你们看到了吗，开路爷说了，就这点吗？你们就这点实力吗？但是开路爷，你也别光说不练啊，让大家看看你的实力，否则我真怀疑你就是来看热闹的。"

开路先锋又打了几个字，"先唱起来再说。"欣鱼一直没说话，这时接过话茬，说道，"谢谢有人可以支持我。今天我给大家带来一首《在梦中》，感觉真的好像是在做梦一样。"

简宁心里一阵忧伤，脑海里出现了最早认识欣鱼时的情景。《在梦中》，自己和欣鱼这段时间发生的事情，难道不像做梦一样么。

欣鱼的歌声依旧深沉、感人。但开路先锋一直没有动作。简宁知道，他是在等欣鱼唱完。于是，简宁在歌曲结束之前，抢先点击了豪华礼物栏。

"月老随便逛逛 送给 月光女神 2 个万物生"在全平台公告上出现。

龙哥的声音立马出现了，"月老，低调的土豪级玩家月老贡献了两个万物生。这是一个原来只有3级的玩家啊。我很想知道，月老你的大号是谁？能不能换你的大号来，让我们见识见识？"

"这就是我大号。"月老打字道。

"不想暴露那也没有关系，玩得开心就好！"龙哥继续说道，"我们的开路爷……"话还没有说完，那首今天已经重复放了几遍的古典音乐又想起了，简宁突然觉得有些刺耳了。

"开路先锋力挺月光 送给 月光女神 10 个万物生！！！"

这相信已经超过大部分玩家的想象了。东屏发了个私聊过来，"这人家里是开印钞厂的吧？"简宁没有回复。只听到龙哥声嘶力竭了，"十个万物生，十个万物生应该是十万人民币吧，我数学小时候没学好，大家再帮我算一下。我的眼睛已经湿润了。这个场面，我以前只看到过一次，在 UU 语音的时候，UU 语音排名第一的一人哥曾经一次点出过十万的礼物。我原以为这辈子看不到第二次了，没想到上天对我如此垂青。"

龙哥停顿了下，又说，"哇哦，工作人员刚才告诉我，月光女神反超了，现在应该是 15：14，月光女神领先了。请工作人员把数字加上去。"

"托，肯定是托！"观众区的有些粉丝表示异议。龙哥马上说，"我用我的生命和我祖宗十八代的名誉保证，目前在场中的这些神豪们，没有一个是官方人员。大家不要吃不到葡萄说葡萄酸。PM 平台是一个绝对公正的舞台。"

龙哥的话刚说完，又一行字在全平台公告上显示出来：

"习惯有妮 送给 小雨露 5 个 万物生"

习惯有妮终于出手了。简宁看了一眼右边，习惯有妮的主播哈妮妮也已经到了观众席，而其他排名前十的主播也都在，来看这场旷世决战。不过，习惯有妮守护的主播到了现场，他应该也不敢多送吧，简宁心里想道。

在习惯有妮之后，其他来帮忙的神豪们陆续出手，但大多数是只有一个万物生。这些人，只求名字在这场比赛中出现，并不会尽全力，简宁想道。

小雨露下面的数字，很快增加到了 26。"26：15，小雨露领先十一个万物生。"龙哥报出数字来。

此刻，简宁看到一个熟悉的名字坐进了欣鱼的专属粉丝区：沧海枭雄。"你怎么也下来了？"简宁问东屏。

"我们现在都是一条船上的人，我能不帮你的小房客么？"东屏回复道。看来东屏是自己充钱了，还是够哥们的。随即，东屏送出了一个万物生，比分变成了 26：16。

"好的，沧海枭雄是条汉子，这种时候还能出来挺月光女神，雪中送炭，真男人！"龙哥夸奖道，"现在差十个万物生，开路爷，你现在还觉得就这点吗？"

"你看好了！"开路先锋回答道，"开路先锋力挺月光 送给 月光女神 10 个 万物生"一行字又出现了。简宁不知道为什么，心里没有一点诧异的感觉了，感到这好像就应该是理所当然的事情。很多感觉，经历得多了，就会被麻木掉。

工作人员把欣鱼下方的数字也改成了 26。距离比赛结束的时间只有五分钟不到了,比分是 26：26。聊天室里非常安静,大家似乎都在等待下一次的全平台公告出现。简宁看了一下人气,三十万人,应该是单个直播间的历史最高人气值了,但是居然没有一个人说话。

"好吧,我相信最后的结局不会是平局的,"龙哥继续挑拨道,"一会儿,相信最后几秒钟双方都会全力出手秒星。到时候,就看双方最后几秒,谁出手的万物生多了。现在,让我们进入到倒计时时间吧。"

简宁叹了口气,都到这个时候,是不可能退却的,于是拿出 U 盾,又充了两万元进账户。简宁不知道,开路先锋最后阶段会出手多少,但也许多出自己的这两个万物生就可以决定胜负。

时间一秒一秒地过去,简宁感到自己的额头开始冒汗,并且隐隐作疼。也许是被纹身男击打的后遗症吧,简宁尽量分散自己的注意力,不让自己太紧张。"现在倒数二十秒开始,大家跟我一起数,"龙哥用尽自己的力气大声吼道,"二十、十九……"

在最后的五秒,简宁点了下去。也许是几个人同时点豪华礼物的关系,电脑屏幕画面炸开了,PM 全平台公告上,陆续出现了几行字:

"雨露保护团－空心 送给 小雨露 2 个万物生"

"雨露保护团－老狼 送给 小雨露 4 个万物生"

"月老随便逛逛 送给 月光女神 2 个万物生"

"习惯有妮 送给 小雨露 1 个万物生"

"雨露保护团－小明 送给 小雨露15个万物生"

　　而最后一行字是:"开路先锋力挺月光 送给 月光女神50个万物生"。

（十九）

底 牌

　　几天后的一个上午，简宁陪着几个朋友来到松江佘山附近的一个售楼中心，考察一个韩国的房地产项目。项目位于韩国釜山市的海云台观光度假区内，拥有一线海景景观。由于人民币升值很快，国内的房地产价格又很高，因此简宁的许多朋友都在考虑投资海外的房地产项目。

　　接待简宁一行的是一个年轻漂亮的朝鲜族姑娘，看上去已经入行很久，"釜山是韩国的第二大城市，从北京、上海到釜山搭乘飞机也就一两个小时。釜山拥有发达的海上贸易和物流产业，是规模居世界第5的港口城市，具备国际水准的会展、医疗、观光设施，是每年迎送数百万游客的著名国际旅游胜地。"

　　简宁看了下沙盘，整个项目由三幢摩天大楼构成，最高的主楼高达101层。简宁不由自主地想到了陆家嘴的三幢地标建筑：金茂大厦、环球金融中心和上海中心。两者都是依水而建，只不过陆家嘴的三幢高楼是面对黄浦江，而釜山项目是直面一线海景。赵先曾说过，五行之中水代表财，所以很多高档楼盘的风水格局中都有水。看来不光是中国，全世界都一样。

"我们这个项目，符合条件的话，还可以申请韩国移民……"售楼小姐继续说道。简宁的朋友们都很感兴趣，纷纷打听起韩国的移民政策来。这时候，简宁的手机响了，是李振亚来了电话："陆总，在哪里啊？"

"在外面呢。有急事吗？"简宁问道。

"嗯，你赶快回集团总部，赵总急着找你。"李振亚语气急促。

"哦，好的，具体什么事情，我要带什么资料过来么？"

"不用，人过来就可以。你来了后直接去大会议室。"说完，李振亚便挂断了电话。简宁赶忙和自己的朋友们打了个招呼，便急匆匆地开车回了环球金融中心。

到了集团以后，简宁便直接去了会议室。打开会议室的门，只有赵先和王风坐在里面。王风听到开门的声音，转过脸来，抬眼看了下简宁，满脸严肃。而赵先则双手交叉，头也没抬，眼睛盯着桌上的杯子，若有所思。

"你来了，坐。"王风说道，语气冷淡。简宁感到空气中弥漫着不安和焦躁的气氛，也有些紧张起来。他走到赵先和王风的对面，找了把椅子坐了下来。

"知道今天为什么叫你来吗？"王风率先发话了。这怎么有点像审问犯人的味道，简宁心里有一点发毛，"不知道。"

"最近集团进行了一次财务专项审计，审计出了不少问题。而你的问题是最多的。"

简宁有点冒冷汗了,不知道赵先和王风是在演哪出戏。自己公司的财务报告一直是按照集团要求做的,怎么可能有问题？"王总,不好意思,我有点不明白。"简宁勉强挤出一丝笑容,装作客客气气地问道。

王风拿起桌上早就准备好的一叠纸,扔到简宁面前,"你自己看看吧,这是会计专业人士出具的报告。而且这还只是一部分问题。"

简宁强压住内心的不安,告诫自己一定要冷静再冷静,然后拿起报告瞄了两眼。结果不看不知道,一看气死掉,简宁就感到血液直往自己的脑海里涌。"王总,这是什么意思啊?！"

"什么什么意思啊？你自己的问题自己不清楚么?"

"欲加之罪,何患无辞啊！"简宁冷笑道,然后看了一眼赵先。赵先仍旧凝视着自己面前的茶杯,并没有看简宁。简宁明白了,王风这么说是赵先授意的,所谓的财务审计报告也是按照赵先的意思做的。想到这里,简宁用力地呼了一口气,控制了下自己的情绪,因为他知道,遇到关键事情,王风有喜欢偷偷录音的习惯。

"王总,我想出具这份报告的会计师,可能不了解我们集团的情况吧。你看,比如说这十几笔餐饮发票报销,总金额加起来正好是两万元。这是集团要求我作为玩家体验 PM 公司运营效果的费用。但是这些充值的钱,PM 公司是不提供发票的,因此我们都用其他的餐饮发票来抵充。这个都是

上海不相信爱情（第一部）

事先说好的事情。不光是我，东屏也是一样的。"

王风摆了摆手，显然是不想听简宁解释，"东屏的问题，我们也会处理的。集团怎么可能允许你们用集团的钱玩游戏呢？太荒唐了！集团很信任你们，你们年纪轻轻就担任了集团下属各个公司的副总裁，没想到你们都是忘恩负义的！"

简宁注意到，王风一直在用"你们"这个说法，也就是说，不光是自己，东屏也会被约谈。简宁立刻意识到，东屏抛开公司准备自己入股 PM 公司的计划暴露了！

简宁想了想，没有接王风的话，而是按照自己的想法继续说下去，"王总，还有你看这笔费用，是和集团的重要客户有关的。当时他和另外两个朋友去斐济玩，每个人都暂支了五万，这都是集团领导要求给的，但结果都没有还回来。那我总要做财务处理，不可能永远挂账在那里吧？"简宁故意把集团的重要客户也拖了进来。赵先抬了抬眼睛，看了一眼简宁。简宁感觉到这是他进房间后赵先第一次看他。

王风有些意外，他显然不知道这笔钱的来龙去脉，然后看了看赵先，转过头来硬撑着说，"那你为什么不去要呢？你不要回来，肯定应该算你头上。"

简宁笑了，"那王总承认这笔钱不是我用的咯？这几个人都是集团的重要客人，如果把他们扯进来会很麻烦的。"王风被简宁这句话顶得一下子没法对应。

赵先还是没有说话。简宁看着他，脑子飞快地转动起来。以前赵先说过，商场上的交锋有点像打牌，谁手上的牌多、谁手上的牌大，便越有赢的机会。而现在，对方显然早有准备，已经收集了许多牌。而自己这些年一直对集团忠心耿耿，从没有想过要保留对集团不利的凭证，相当于一张牌都没有。虽然自己也是知道集团很多不利的事情，但是根本没有留下证据，而且很多自己都是参与的，也脱不了关系。这牌到底怎么打？

王风又开始罗列简宁工作上的各种失误，而且不断地拿出各种凭证，以佐证自己的说法是正确的。简宁一句话都没有听进去，他知道对方这些牌不足以赢得今天这场牌局。他突然想到，目前自己手上有一张自己都无法确定的牌，那就是手机里面李振亚和那个小孩的几张照片。如果那个小孩确实是赵先的，那么就应该是他的私生子，照片就会变成非常有分量的牌，至于怎么用简宁还没有想好。

王风继续在那里滔滔不绝地数落着简宁的不是，简宁觉得暂时没必要回答，而是静静地看着对面王风的表演。他也只是按照赵先的命令办事情，没必要和他纠缠，言多必失，简宁想道。目前这个情况，要想扳回局势，就必须知道对方的底牌。

东屏和简宁的计划，集团显然是知道了。既然集团已经收集了这么多所谓的对自己"不利"的证据，那么集团应该有很多选择。可以选择开除我，也可以选择起诉我，甚至可以选择举报我，但现在赵先和王风找我谈，还把证据给我看，他们的目的是什么？简宁分析着，告诫自己一定要沉住气，我要等到他们亮底牌！

王风说了大半个小时，看简宁没有任何回应，觉得有些

上海不相信爱情（第一部）

意外,端起自己的茶杯,喝了一口。这时候,赵先发话了:"小陆啊,你跟了我许多年,你觉得我对你怎么样啊?"

"赵总一直很关照我,我也一直铭记在心,从来没有做过违反集团规定的事情。"简宁安静地回答道,他感到赵先可能要亮底牌了。

"嗯,我是看着你们成长起来的,你们也为集团做了很多事情,所以很多时候你们只要做得不太过分,我能忍就忍了。但这次实在让我太失望了!"赵先一脸遗憾的表情。

"老板,"简宁修改了称呼,"我想可能是什么事情让您误会了! 我想,我还是解释得清楚的。"

赵先迟疑了一下,转过脸去对王风说,"王总,你暂时出去一下,有些事情我单独和小陆谈谈。"王风马上点了点头,快步走出了会议室。

等王风关上门,赵先往椅背上靠了靠,慢慢地说道,"东屏他有野心我一直知道,你们两个里面,我只信任你,但没想到这次你会和他一起对付我。"

"老板,完全没有的事情,"简宁装作有些惊讶,"您会不会搞错了?"

赵先笑了笑,"刘瞳的父亲和我是老朋友了,我和他核实了。他知道后也吓了一跳,说自己的女儿只是想学习投资,问他要了6000万,没想到是和我抢项目。现在他的女儿也醒悟了,说是上了东屏的当!"

简宁明白了,要抵赖也没用了,不过东屏看来没有和刘瞳说只要5000万就够了。但是显然不是刘瞳出卖了自己,她只是起到了个证人的作用。听两人口气，刚才的王风是扮演黑脸的，赵先似乎想扮演白脸的角色，于是简宁没说话，等赵先说下去。

"你们的收入也不低了，如果觉得还是少，可以向我提，没必要这么偷偷摸摸地搞。"赵先继续说，"如果这个项目搞成了，今年你的年终奖我相信会比去年翻个倍。"

简宁有些听明白了，赵先还是希望他继续做下去的，于是试探地问了一句，"老板，您的意思是，这个项目继续由我负责？"

"嗯，"赵先点点头，"但是就只能你一个人负责到底了。"

"那东屏呢？"

"这个人，始终是个定时炸弹，这次我会把他处理了！"赵先面无表情地说道，似乎在说一件和自己没有关系的事情。简宁突然感到一丝寒意。

简宁深深地吸了口气，突然闭上眼睛。赵先看到简宁的表情有些意外，但没有说什么。对方的底牌已经亮出来了，自己手上有一张不知道可不可以用的牌，那自己的底牌是什么？

显然，赵先是希望这个项目进行下去的。但是，他并不认识贺天，甚至不认识 PM 公司的任何一个股东。在东屏和简宁之间，赵先选择了简宁，不会是因为简宁比东屏更值得信任的原因。简宁仔细地想了，这个项目，贺天能够让创先集团进入尽职调查环节，多少是有些温蒂父亲的因素。而且，并购重组一向是简宁的专长，这个项目更需要的是简宁而非东屏。另外,简宁的家庭背景,也应该是赵先选择简宁而没有选择在上海没有根基的东屏的原因。

那东屏呢?假如赵先要抛弃的是简宁,而选择了东屏,东屏会投诚么?简宁问自己。东屏一定不会马上答应,而是来找简宁。因为对于东屏来说,机会实在难得,只要简宁同意和东屏联手,依旧有可能争取到这个项目,那么剩下所缺的无非就是那5000万的资金。到哪里去弄这笔钱呢?简宁盘算着。

过了许久,赵先打破了沉默,"你想清楚了没有?"

"赵总,"简宁又改了称呼,"实不相瞒,我估计入股PM公司,5000万就够了。东屏这里的条件是,给我价值500万的干股,我自己再出1000万,总共1500万,占到6%的股份,他们那里占14%。"简宁故意把金额都提高了,想看看赵先的底线。

赵先显然也对简宁能拿出那么大一笔钱感到有些惊讶,"你自己出1000万?"

"嗯,"简宁点点头,"这个赵总您不用费心,我自己可以想办法搞定,就算去借也会借得到。所以,如果这次我为创先集团做这个项目的话,我也希望能够是这个条件。不是用集团副总裁的身份,而是合作者的身份来做。"简宁也亮出了自己的底牌。

赵先的眼神里既有些惊讶,也有些赞许。他没有说话,而是陷入了沉思之中。

"赵总,我们跟了您也很多年了,也感谢您一直以来的栽培,这一点我陆简宁永生难忘。"简宁继续说道,"但是,如果就一直这样下去,那么我已经可以想象到我退休时的样子。也许比一般人过得好一些,但也就这样了。"

"我记得以前,我们集团规模不大,总共也就 20 多个人。当时的创收也不高,但是都很有干劲。您当时也一直说,以后发达了,会给我们一些股份,共同进步、共同成长。"简宁并不想说赵先当时给画了一个空心汤团,于是换了个说法,"现在集团也几十亿的净资产了,但是我们的收入显然是远远落后于集团的成长的。所以,您看您一直说的五虎上将里面,也只有我和东屏算是元老级的人物了。"

"PM 公司这个项目,入股只是第一步,后面的事情还不知道。也许天有不测风云,我这 1000 万就是扔在水里的,但如果这样我也认了。但至少,您可以相信我会尽全力去做。而且,帮助上市公司进行市值管理的咨询费,以及二级市场上股票价格拉升的利润,实际上都是集团的,和我没关系。就算整个计划成功,我也只是赚了其中很小一部分。"简宁分析道。

赵先想了想,开始笑了,"这几年我一直忙着拓展业务,对你们还是关心少了,你们已经很成熟了,未来总有一天是你们的。你的事情,我知道了,让我考虑几天。不过你也不要以为集团离开你就不行了,你下面那个叫左源的,我有留意到,进步很快,也许可以担当重任。"

简宁不想争辩什么,毕竟现在他还是自己的老板,于是点点头,"谢谢赵总!"然后头也不回地离开了会议室。直到走的时候,简宁也没有把自己手机中的那张牌打出去。

出了大楼,简宁立刻给东屏打电话,但是东屏的手机一直处于关机状态。简宁有些不安,又给东屏所在的公司去了电话,结果是东屏的秘书接的,说是东屏有两天没有进公司了。好像从万物生抢星大赛以后,也没有看到东屏上过线,简宁想起来。他会不会出事了?

于是,简宁马不停蹄地回到了花旗大厦自己的办公室。还好,所有的资料都没有被动过。简宁马上把一些重要的资料收集起来,然后进行打包整理。简宁无法预测几天后赵先的回复会是什么,但是这种情况下,不是朋友就是敌人了,没有第三个选择。

左源很好奇地看着进进出出的简宁,也感到了一丝不安,"老板,需要帮忙么?"

简宁看了看他,左源感到简宁眼神中的意思是并不希望他帮忙,慌忙低头转身去做其他事情了。这时候,简宁的手机响了,"简宁,我是欣鱼,今晚你能早点回家吗?我等你回来。"

欣鱼的语气低沉而忧伤,简宁感觉到,也许到了和欣鱼说再见的时候了。

（二十）
再见

傍晚时分，天空一下子阴暗了下来，随即下起了滂沱大雨。简宁阴沉着脸，心事重重地开着车。回家的路非常堵，不时有车鸣起刺耳的喇叭声，伴随着雨刷器摩擦着车前玻璃"嘎吱嘎吱"的声音，让简宁更加地烦躁。那夜过后，欣鱼究竟去了哪里，她在想什么，她回来会对我说什么，这些问题在简宁心中如同缠绕在一起的麻花绳般地纠结。遇到路口红灯的时候，简宁摊开手掌心看了看，手心里长满了纠缠的曲线，如果可以重来，那晚还会那样么？

到了自家楼下的广场，简宁停好车，从后备箱中拿了把伞，撑了起来。雨下得非常大，雨滴纷纷落在伞面上，就像沉重的机关枪的声音。简宁赶快小跑起来，但是不经意之中，看到广场停车场的另一侧停着一辆黑色的奔驰轿车。轿车内的驾驶员位置上坐在一个男人，简宁看不清楚相貌。简宁瞄了一眼车牌，好像很熟悉，再一想，似乎是赵先的车。

雨实在太大了，简宁顾不上多想，便快速跑到公寓楼的大堂内。站在电梯口,简宁有些踌躇,一想到欣鱼就在楼上等着自己,心里又是一阵空荡荡的感觉,就像漂浮在太空中,找不到任何抓力。

简宁打开房门,客厅里并没有开灯,而是借着窗外透进的昏暗的光线,显得一片凄凉。欣鱼穿着高腰短袖 T 恤和低腰牛仔裤,端正地坐在沙发上看着简宁。简宁记得,这正是两人最初相遇的时候欣鱼的穿着,心里又是一沉。

客卧的大门打开着,简宁走过去往里面一看,收拾得整整齐齐,但是欣鱼的物品都已经不见了。"什么时候回来的?"简宁问道。

"上午就回来了。"欣鱼慢慢地说道,"我找了新地方,会搬过去住。东西白天都已经收拾好,搬到新地方了。"

"哦。"

欣鱼看着简宁,但简宁一直低着头,欣鱼咬了下嘴唇,悠悠地说道,"我今天是来和你告别的。"

虽然有心理准备,但是简宁还是无法回应这句话。"哦。"

欣鱼感觉自己好像在唱独角戏,原先设想好的台词完全说不出来。两人沉默了一会儿,简宁也坐到沙发上,开口了,"怎么说走就走了?"

欣鱼盯着茶几,低着头,"想搬就搬了吧。你以前说得对,其实我们做主播的无所谓住在哪里的。有个房间,有套设备就可以开播。"

"那何必那么麻烦,搬来搬去不累么?"

欣鱼叹了口气,"天下没有不散的宴席,谢谢你这几个月来的照顾。"

简宁觉得欣鱼的这句话很客套,便说:"我不是要强留你,但是如果你要是有什么麻烦的事情,可以说出来,我们大家想办法解决就是了,别憋在心里。"

欣鱼摇了摇头,"没有,你不要多想。我住在这里不方便的,你不是和温蒂在谈恋爱吗? 我怎么可以再住在这里,你别傻了,女人都很敏感的。"

简宁多少有些猜到了是因为温蒂的原因。这些天简宁也一直在想,要不要将和欣鱼之间发生的事情告诉温蒂。如果说了,那么以温蒂外柔内刚的个性,自己和温蒂之间的关系肯定是结束了,甚至未来连朋友也做不了。如果不说,这件事情又像是一块小石头,卡在心里,说不出的难受。

欣鱼见简宁不说话,转过身去,从自己的包里拿出一个大牛皮纸封的袋袋,递给简宁。"这是什么?"简宁问道。

"这是万物生的钱,我还给你。一共四万,你点点吧!"

简宁愣住了。那天万物生抢星大赛,简宁一共送给欣鱼四个万物生,但其中两个是公司出的钱。"不用你还。"简宁把牛皮纸袋推了回去。

"不,我不希望你出钱,以前说过的。"

"送礼物是我的事情,你还给我是侮辱我。"简宁口气有点急躁,"你们做主播也不容易,花无百日红,虽然那天你出了名,但不能保证每次都能那样! 你不是一直要往家里寄钱么?"

欣鱼把牛皮纸袋放在了沙发上,停顿了一会儿,慢慢地说道,"简宁,其实有件事情,我想告诉你。"

简宁点了点头。每个人都有秘密,就看愿不愿意说出来让别人分担。有些人,无论遇到什么困难、艰辛或者悲伤的事情,都喜欢一个人默默承受,不给别人添麻烦。欣鱼就是这样的人,简宁一直觉得,在欣鱼开朗的外表下,似乎有许多不为人知的压力。

欣鱼从口袋中掏出手机,点击了起来。过了一会儿,她把手机递给了简宁,"你看吧。"

简宁接过手机一看,屏幕上是一个小女孩的照片。小女孩眼睛大大的,嘴角咧开着笑着,就像一朵绽放的花朵,依稀有点欣鱼的影子。"你的?"

"嗯!"欣鱼点点头。

简宁想起来,以前欣鱼曾告诉过他,欣鱼有一个姐姐和一个弟弟,姐姐很久没有联系了,弟弟还在读书。简宁还曾问过,欣鱼每个月往家寄钱是不是补贴弟弟的学费,欣鱼否认了。原来如此,这些钱是寄给自己小孩的生活费啊。

"多大了?"

"两岁不到。"

"那现在你父母在带?"

"嗯,我妈妈在带,我爸爸基本上不管的,我妈妈很辛苦的。我女儿一点不像女孩子,很调皮的。你不会很惊讶吧?"欣鱼盯着简宁的眼睛问。

简宁点了点头,然后又摇了摇头,"是有点惊讶,你才多大啊,小孩都两岁了。你看我们这里,30多岁还没结婚的人太多了。不过想想也是，很多地方的年轻人结婚都很早，而且都是先摆酒席订婚同居，等到了法定结婚年龄再领证的。不过，你这也太早了吧？"

"还好吧，生她的时候我已经满18岁了。"

"那……"简宁停顿了几秒，"孩子的爸爸呢？"

欣鱼叹了一口气，"不知道，我们分开很久了。我也不知道他现在在哪里。"

"哦，怎么会的？"简宁问道。

"他是我初中同班同学，毕业后不久我们就在一起了。我们两家人家本来也都认识，也就默许了。后来就有了女儿。但是他很喜欢打人，一喝酒就打我。我一开始为了女儿，想想就忍了算了。但是后来越来越过分，竟然当着我父母的面打我，我只能和他分了。小孩子6个多月的时候，我就出来工作了。"

"所以，你每月寄钱回去，是给女儿的生活费？"

"对，现在养孩子的费用很厉害，这个总不能让我父母出吧。我爸爸眼里只有我弟弟，让他们帮我带小孩已经是很难为他们了。而且这种事情，说出去也很难听。"

是啊，遇到这种事情，吃亏的总是女人，简宁突然想到以前欣鱼也曾说过的一句话。

"那你也不用搬啊？"简宁又回到了之前的话题，"这种事情我又不介意，你可以继续租在这里啊。"

欣鱼眉头一挑，"什么意思？那你和我算什么呢？你那么想当爸爸么？"

简宁一时语塞，只听得欣鱼继续说，"你能接受这个女儿么？你连自己喜欢谁都没搞清楚，你让我继续住在这里？陆简宁，你知不知道你很自私啊！"

简宁被骂得不做声了，他第一次看欣鱼发这么大的脾气。过了许久，简宁慢慢地说，"我可以对你负责的。"

"负责？你不是说你不相信爱情的么？你怎么负责？我们之间不可能的，你现实点吧！"欣鱼情绪开始激动起来，声音也响了起来。

简宁突然伸出手去抓欣鱼的手臂，欣鱼没有防备，愣了一下。简宁用力把欣鱼拉了过来，用另外一只手紧紧地搂住欣鱼的腰。欣鱼使劲地挣脱，但是简宁的力气非常大，欣鱼就觉得自己被牢牢地捆绑在一棵大树上，听见简宁轻声说道，"抱住我。"

欣鱼犹豫了一下，两只手绕到了简宁的后背，把头贴在简宁的胸前，轻轻地抱住了他。简宁的下巴靠在欣鱼的额头，用一只手温柔地抚摸着欣鱼的秀发。"别走，我明天就去和温蒂说清楚。"

欣鱼开始抽泣起来，简宁感觉到胸口的衣服开始湿润起来。两人拥抱了许久，欣鱼抬起头来，看着简宁。简宁看到她双眼泛着泪光，显得又憔悴但又很动人。欣鱼咬了下嘴唇，"简宁，我是很喜欢你。那次你为了我被打伤，被人一路抬到医院，我都觉得自己也要昏过去了。但是后来当我看到温蒂的时候，我就觉得你应该和她在一起，而不是我。而且你也让我太失望，不光是那晚，你到现在也从未说过喜欢我或者爱我。虽然我也不怎么相信爱情,但我还是希望能够找一个爱我的陪着我。"

简宁没有做声,心里默默地说道,我以为你是明白我的,但是没有说出来。欣鱼抽出一只手,擦了下眼泪,突然换了一副倔强的表情:"而且简宁,现在我们已经永远不可能了。"

"为什么?"简宁听出了欣鱼语气中的决绝。

"因为我还有一件事情一直瞒着你。你知道'开路先锋'是谁吗?他是你的老板,赵先!"

赵先!简宁完全无法适应,感到一阵热血涌上了大脑。"什么?你说'开路先锋'是赵先?"

"嗯,"欣鱼点点头,简宁惊讶地张开了嘴,慢慢松开了双手。对啊,我怎么没想到。赵先的名字里有个"先"字,创先集团的名字里也有个"先"字,那么开路先锋是赵先也不足为奇了。而且开路先锋的资料里,他所在地是上海 / 浦东,赵先不就是住在浦东的么。

简宁瞬间明白了,"那么,东屏计划与我两个人一起入股 PM 公司的事情,也是你告诉赵先的?"

欣鱼紧紧地闭住双唇,面色有些难看,缓缓地点了点头。

简宁长叹一口气。也就是说,最初自己在电话里向赵先通报有入股 PM 平台想法的当晚,赵先也注册了一个账号。赵先这个人,做事非常谨慎,而且一贯相信眼见为实。因此虽然赵先一直说这件事情交给自己和东屏负责,但是他怎么可能不注册一个账号体验一下呢?为什么自己会没有想到这个问题!简宁深深地自责起来。

上海不相信爱情(第一部)

而且,赵先能够这么容易地答应东屏,让集团给自己和东屏每人划拨两万元作为刷礼物的费用,不就是为了让自己和东屏把账号信息都留在集团备案么? 因此自己和东屏在 PM 平台看了哪些主播、说过哪些话、做了哪些事,可能赵先都会另外安排人进行监视!

简宁气得全身在发抖,他不是在生欣鱼的气,而是生自己的气。确实,赵先是有一次性出手 50 个万物生的实力,如果是他,就完全不奇怪了。欣鱼用手扶住简宁,想安慰他一下,被简宁推开了。

"你不是说你和'开路先锋'没有联系么? 原来你一直在骗我。"

"没有骗你。之前是一直没有联系,但疯人游戏大赛后,赵先给了我他的手机号。之后你也没有问过我呀?!"

"所以,从那时开始,你是负责监视我的?"

欣鱼听到"监视"这个词很不舒服,"你要这么说我也没办法。赵先是告诉我他是你们的老板,要我别和你们说。但是他说,他第一次来的那晚,并不知道我们的事情,也不知道你和东屏的账号。他来看我纯粹是因为他喜欢听我唱歌。"

简宁又是一惊,"也就是说他喜欢你?"

"嗯,不过他说我长得很像他以前一个非常重要的朋友。"

"哦,然后呢?"

"后来熟了以后,他一直对我很关照。"欣鱼又低下了头。

简宁开始冷笑起来,他想起来赵先的车现在就在楼下广场的停车场。"所以,你就出卖我们了? 那你是准备搬到他安排的地方去住咯？我记得我和你说过,赵先是有老婆孩子的,不过你也说过很想做老板娘的。但是,你现在还不是老板娘,就出卖我们,是不是太着急了一点？"简宁的话语里面开始带有冷嘲热讽了。

"对不起,真的很对不起！"欣鱼没有抬头,"但是,我有我的原因,不是你想的那样！"

"那是哪样？"简宁控制不了自己的情绪,吼了起来,"那晚,你说如果有一天你欺骗了我,我会不会原谅你？我以为你是开玩笑的。原来如此,那么后来的事情算是对我的补偿咯？"

欣鱼咬着嘴唇不说话。窗外面传来隐约的雷声。简宁对着欣鱼怒目而视,"说到底,还是钱咯。50 个万物生,我想怎么这么疯狂！原来是包养费啊！"

欣鱼被这句话刺激到了,突然抬起头,扬手狠狠地给了简宁一巴掌,"不许这么说我！"简宁的脸上立刻留下了五道红印。简宁嘴角一咧,冷笑着说,"哼,对不起,我不打女人！"

欣鱼突然弓起身子、弯下腰,失声大哭起来。简宁冷冷地看着她,"不好意思,从疯人大赛那场比赛后,我已经不相信你的眼泪了。"听到这句话,欣鱼抽泣着抬起身子,直视着简宁,一个字一个字地说道:"陆简宁,不是你想的那样,总有一天你会为你这句话后悔的。"

说完,欣鱼从自己的包中拿出一个长条型的盒子,盒子外面包着一层深蓝色的礼盒纸,塞到了简宁手里。随后欣鱼便头也不回地离开了简宁的家。

听到欣鱼的关门声，简宁突然觉得自己浑身乏力，瘫倒在沙发靠背上。欣鱼告诉了简宁太多他未曾了解的事情，让简宁思绪紊乱。简宁闭上眼睛，努力让自己不要去想，但是欣鱼、东屏、温蒂、赵先等人的面容竟然重叠地出现在他的脑海里，让简宁无法分辨。欣鱼走了，东屏不见了，自己和集团摊牌了，以后会怎么样？各种不安的感觉涌入简宁的心头，头部被纹身男敲击过的地方又隐隐作痛起来。窗外一道闪电划过天空。

过了许久，简宁长长地吸了一口气，拿起了欣鱼给的告别礼盒。简宁撕开包装纸，打开盒子一看，原来是一条土黄色的羊毛围巾，围巾上放着一张淡绿色的便条。便条上写着一行娟秀的字迹："陆简宁：冬天很快就要到了，自己保重。黄欣鱼"

一行眼泪悄然无声地从简宁的眼角中涌出，但简宁自己毫无感觉，心里反复默念着这句话，"自己保重，黄欣鱼；自己保重，黄欣鱼……"

"命运的转盘再次开启，所有的人物又一次就位。尘封多年的秘密终究会被揭开，没有人可以逃脱因果循环的报应。"

简宁看着早已被雨水淋得模糊的落地玻璃窗，仔细咀嚼着欣鱼刚才说过的每一句话。朦胧间，玻璃映射出自己的身影。简宁心念一动，沉睡在心底多年前的一个片段，慢慢地从记忆深处浮现出来。

那也是一个大雨滂沱的日子。赵先站在墓碑前一动不动，周律师在他背后撑着伞。简宁站在赵先身后，默默地注视着墓碑上的照片。东屏站在简宁身边小声地嘀咕了一句：
"奇怪，她不是叫陈美丽么？怎么是这个名字？"

简宁没有说话，也不想说话。照片的下方，用金粉篆刻着五个大字：黄若琳之墓。